Fan
ファン文庫

白黒パレード

ようこそ、テーマパークの裏側へ！

著　迎ラミン

JN190317

マイナビ出版

目次

CONTENTS

Shirokuro Parade

白黒パレード

ようこそ、テーマパークの裏側へ！

迎ラミン

Lamine Mukae

○がつ×にちの、スプリングパレードにでていた、しゃしんのおにいさんへ

こんにちは。ぼくは、○がつ×にちに、ユーパラに、おとうさんとおかあさんとおねえちゃんと、あそびにきて、スプパレで、おにいさんがいっしょにおどってくれました。おにいさんはやさしくて、大まじんみたいなかっこうだったけど、わらったかおもダンスもすごくかっこよくて、ぼくは、すごいなあと、きもちのそこからおもいました。おにいさん、ありがとう。またユーパラにきたいです！

第一章　パレードダンサーの災難

「皆さん、そろそろスプパレでーす！　パレードルートには出ないでくださいねー！」

四月。午前中だが、すでにじゅうぶん暖かい日差しのなか、清掃担当の女性が大きな声を張り上げた。その両手は、柄の先に桜の花が飾られた箒《ほうき》を、安全バーのように横にかまえている。

「スプパレ」こと春のスペシャルイベント、『ユーロ・スプリング・パレード』。

中世ヨーロッパを舞台としたテーマパーク、ここ『ユーロ・パラダイス』において、王侯貴族や街の市民、さらには魔法使いや怪物といったファンタジックなキャラクターまでパークの住人が総出で、ようやく訪れた春を祝う季節限定のパレードだ。

呼びかけの直後に、そこかしこにあるスピーカーからも正式なアナウンスが響き渡る。

《お待たせしました！　間もなくユーロ・スプリング・パレードが通過します！　皆様、どうぞ存分にお楽しみくださいー！》

続く盛大なファンファーレと、小刻みに、そして徐々にボリュームアップするドラム音。

そして今度は、英語でのインフォメーション。

《Ladies & Gentlemen, Boys & Girls. Euro Paradise proudly presents, Special spring entertainment. Euro Spring Parade!! (ご)来園の紳士淑女、少年少女の皆様。ユーロ・パラ

ダイスが誇りとともにお贈りする春のスペシャル・エンターテインメント、ユーロ・スプリング・パレードです！）》
その後の半瞬の間で、パレードが通過するルートの左右を埋め尽くすゲストから、わっという大歓声と盛大な拍手が湧き起こった。同時に、それがきっかけだったかのように、軽快でメロディアスな歌が大音量で流れ出す。
《Welcome to your Paradise, Welcome and join us!（ようこそあなたのパラダイスへ、ようこそ、そしてご一緒に！）》
《Here is smiley kingdom, You've cherry blossom!（ここは笑顔の王国、あなたの手には桜の花！）》
自然に拍手が手拍子へ、そして歌詞が日本語へと移行したあたりでふたたび、「わあ！」という驚きと喜びの声が、あちこちから上がる。
《騎士も　魔女も　妖精も》
「来たあ！」
《パン屋も　鍛冶屋も　冒険者も》
「かっこいい！」
《君を待ってた》
「○○ちゃん、妖精さんだよ！　あ、魔女さんも手、振ってくれたよ！」
《ようこそ　春の楽園　Welcome to Spring Euro Paradise!（春のユーロ・パラダイスへよ

うこそ！）》

「可愛い！」

　春らしいパステルカラー主体の衣装と小道具を身にまといながらも、歌詞のとおりの役柄とわかる騎士が、魔女が、妖精たちが、満面の笑顔と軽快なダンスとともにパレードルートを通過してゆく。ダンサーたちの間や「フロート」と呼ばれる巨大な山車《だし》の上には、王様や王妃様、毛むくじゃらの怪物といった、中世ヨーロッパを彷彿《ほうふつ》とさせるキャラクターたちが陣取り、やはり満面の笑みや元気な動きでゲストを盛り上げている。彼らの動きとそれに呼応する歓声を肌で感じて、フロートの合間にいる誘導スタッフたちも、全員が楽しそうな笑顔だ。

　音楽とともにますます広がっていく、歓声と拍手。

　商売人風の青年がくるりとターンして、小道具のパンを差し出すような格好で決めポーズ。

「あ、止まった！　シャッターチャンス！」

　その後ろで、明らかに王子様とわかる外国人が、フロート上から優雅に手を振り返す。

「きゃー！　王子様、絶対に今、私のほう見てくれた！」

　王子様の真下では、男装の麗人のような女性ダンサーによる凛々しいお辞儀。

「やばい！　あのお姉さん、超綺麗！」

　さらには、フロートの横やキャラクターが持つ小道具から、花びらを模した紙吹雪やシャボン玉が舞い、周囲には爽やかな香りが漂っている。誰もがこの暖かい季節を楽しんでいることが、伝わってくる光景だ。

総勢百人を超える出演者たちが振りまく笑顔と熱気、エネルギーが数倍、数十倍、数百倍になってルート上を彩り、パーク内はそのまま約三十分間、普段以上の明るさと高揚感に包まれていった。

『ユーロ・パラダイス』。通称「ユーパラ」。

東京から新幹線だと四時間かかるが、飛行機を使えばその半分もかからずに来ることができる、とある地方都市にこのテーマパークはある。千葉や大阪にある世界的なパークとまではいかないものの、中世ヨーロッパの街並みを美しく再現し、騎士や姫君に王侯貴族、さらには妖精や魔法使いなどのキャラクターもひょっこり現れる園内。その雰囲気は〝らしさ〟を存分に味わわせてくれるものとして、内外の観光客に好評を博しており認知度も高い。

なかでもエンターテインメント部門は、とくに評価を集めているパークの花形だ。毎日開催される昼の『ユーロ・デイ・パレード』と、夜の『ユーロ・イルミネーション・パレード』を軸に、その前後にもこうした豪華な季節イベントが、期間中は複数回実施されている。

＊＊＊

午前のスプリング・パレード終了から、約二時間後。

《ユーロ・デイ・パレード、スタート三十分前です》

パークの舞台裏にあるパレード関係者専用ビル、「パレ棟」ことパレード棟の館内に放送が流れた。パレ棟は横に広い大きな二階建てで、出演者たちがリハーサルや練習を行うリハーサルルームや、男女ロッカールーム、コスチューム倉庫、さらにはスタッフ事務所などが入っている。

放送がかかった時点ですでに、ふたつあるリハーサルルームのうちの大型ルーム、通称「Lルーム」には、コスチューム倉庫から運び出された総勢百七十名ぶんの衣装が、役柄ごとに分けられた移動式ラックの下、ずらりとハンガーにかけられている。

「おっし、行くか」

ストレッチをしていた黒木田《くろきだ》環和《かんな》は、そうつぶやくとやたらとキレのいいターンでそちらへ体を向けた。百八十センチ以上ある長身に加え、くっきりした眉と精悍な顔立ちはダンサーというよりもアスリートや武芸者を思わせるが、表情はいたって明るい。

そのまま元気に、自身の衣装がぶら下がっているラックへと迷わず進む。

「お願いしまーす！」

周囲のスタッフにも聞こえるよう黒木田が大きな声を出すと、先に衣装を取りに来ていた出演者が、「お願いします」と、そっけなく挨拶を返しながらハンガーを抱えて去っていった。自分と同期で採用オーディションに合格した、ユーパラ三年目の女性ダンサーだ。

「あ、一番乗り、取られたか」

ちょっぴり悔しく思いながらも、彼のほうもとくに声をかけるでもない。

見た目もそうだが性格も無骨でまっすぐ、そして理不尽な上下関係や古くさい慣習などを嫌う黒木田は、とくにその手のことにこだわる女性ダンサーと、話が合わないことが多い。彼女たちからしても、「先輩だからって、無条件で偉そうにしていいわけじゃないっすよね？　尊敬されるかされないかは、あくまでもその人の中身次第でしょう」などと堂々と正論をぶつけてくる彼は、どうも扱いづらい存在らしい。逆に裏方さんをはじめとする、同じ価値観をもった仲間たちには、先輩後輩を問わず親しまれているのも事実である。

「あら、クロちゃん。今日は騎士《ナイト》？」

黒木田自身もハンガーを取り上げたところで、そんな裏方さんのひとりであるベテラン衣装係と目が合った。手にした衣装はその言葉どおり、騎士役のものだ。

「うぃっす。お願いします」

「頑張ってね」

「任せてください。今回も五万の大観衆を、湧かせてやりますから」

「今日の入園者数、まだ三万五千人らしいけどね」

「げ。せっかく久しぶりに、剣の舞が踊れるのに」

鼻にしわを寄せる姿を見て、母親とまではいかないがおそらく彼より二十歳近くは年上であろう女性衣装係は、おかしそうに笑っている。

するとそこにいたもっと年配の、ごま塩頭の男性衣装係も、笑いながら話に加わってきた。

「こらこら。たとえひとりだけだったとしても、一期一会のお客さんだろう」

「あ、そうっすよね。すんません」

黒木田は素直に頭を下げたが、一瞬だけ、あれっと思った。

このじいさん、初めて見る人だな。

四月になり年度も変わったので、別の部署から異動してきたのかもしれない。ユーパラ内のエンターテインメントチームは、パレードを中心にパーク内全域でパフォーマンスする自分たちの他にも、園内に複数ある常設劇場ごとに、そこでショーやミュージカルを行うチームが編成されている。見るからにキャリアが長そうだし、きっとこのおじいさんも、そのどこかにいたのだろう。

「まあたしかに、最近クロちゃんの衣装、ゴーレムのほうばっかり出してた気がするけど」

ラックを丁寧に並べ直しながら、女性のほうがまた笑う。ゴーレムとはロールプレイングゲームなどにも出てくる、石でできた巨人である。

「そうなんすよ。たまたまでしょうけど、ナイトは五日ぶりで。さすがに振りは忘れてませんけど」

「でもあれ、ほんとによく似合ってるわ。やっぱり、タッパがあるといいわねえ」

「逆に、そういう役ばっかですけどね。スプパレなんて、門番なのに『大魔神』とかって手紙に書かれてたし。まあたしかに、あれも銅像って設定だけど」

「そういえば、今日も門番やってたわね」

「ええ」

苦笑している黒木田に、おじいさんもふたたび声をかけてくれる。

「いいじゃあないか。はまり役ってやつだ。どんなショーでも、この役は俺のもんだってのがあるのは、自信につながるんじゃないか？」

「たしかに、そうっすね。ありがとうございます」

なんだかんだ言いながらも、自身の役を〝はまり役〟と感じてもらえるのは、やはり嬉しい。笑顔でもう一度会釈した黒木田は、「んじゃ、お願いします！」とお気に入りの騎士役のコスチュームとともに、軽やかな足取りでロッカールームへと向かった。それぞれの衣装を手に取ったダンサーたちは、個別ロッカーがあるそこで着替えることになっている。

入れ替わるように、他のダンサーたちも次々と衣装を取りに入ってくる。

「お願いしまーす」

「そっか。あたし今日、黄色だっけ」

「足、治ったの？」

パレ棟全体が、にわかに活気づいてきた。

もうすぐ次の本番、ユーロ・デイ・パレードがはじまる。


クロこと黒木田がユーパラのパレードダンサーになったのは、ちょうど二年前のことだ。もともとは舞台志望で、将来的には日本有数のミュージカル劇団のひとつ、『劇団R&I』に入団したいという目標も持っているのだが、そこはさすがに指折りのエンターテインメント集団、なかなか公募オーディションが開かれない。そんななか、通っているダンススタジオの先生、つまり師匠がユーパラを紹介してくれたのである。

「R&Iでオーディションがかかるまで、修行がてらユーパラで働いてみるのもいいんじゃねえか？　クロはお調子もんだし、むしろテーマパークは向いてるだろ。それにタップもあるし、ジャズもバレエもタップもひと通りこなせるんだから、絶対重宝されるぞ。ま、仕込んで熟成させたのは俺だけどな。はっはっは」

人を酒か漬物のように言っているが、たしかに師匠の言葉は当たっていた。パレードダンサーとしてデビューした初日から、クロはこの仕事を大いに楽しんでいる自分に気づいたのだった。

ただ、時おり自分でも苦笑してしまうが、苦労して身につけた難しいバレエテクニックやタップダンスなどは、パレード中はほとんど使うことがない。そんな振り付けばかりだと、行列の進行そのものに乱れが生じてしまうからだ。その代わりテーマパークのパレードに求められるものは、シンプルだがリズミカルで、かつエネルギッシュなステップや手振り、そしてなによりも快活な笑顔である。

満面の笑顔で明るさや楽しさ、元気を振りまきながら練り歩き、ゲスト参加パートでは文字どおり、ゲスト＝お客さんをパレードルートに誘い込んで一緒に踊り、忘れられない楽しい思い出を作ってもらう。

それが、パレードダンサーだ。

「自分がこんなに、笑えるヤツだったとはなあ」

笑えるヤツ、というのは卑屈な意味ではなく言葉どおりの意味である。

採用されてすぐのリハーサルで、クロはびっくりした。先輩ダンサーたちが皆、リハーサルから満面の笑みで練習していたからだ。鏡張りのフロアで、もちろん衣装など身に着けていないし、目の前にいるのは声援を送ってくれるゲストではなく、厳しい目でできばえをチェックする振付師や演出家たちである。にもかかわらず、ダンサーたちは口角を上げて、目じりや頰に華やかな笑いじわを刻んだままステップし続け、さらには、「第二グループ、テンポ上げて！」「フェアリーダンサー、ステップ合ってない！」といったダメ出しにもその笑顔のまま、「はいっ！」と反応するのだ。

最初は間違って宗教団体に入ってしまったのかと思ったほどだし、いざ自身がやってみても、どうしても自然な笑顔が出てこない。

「クロ！　もっと笑って！」

初対面にもかかわらず、もう何年も指導しているかのように「クロ」と呼んでくれたことは嬉しかったが、それ以前に「もっと笑って」などという指示を受けたのは、ダンサーになって初めてだった。技術的なものではなく笑顔の要求をされるのは、テーマパークならではだろう。

「は、はい！」

「だめだめ、顔が硬い！　それじゃ下手な証明写真でしょ！」

不自然な笑みを顔に貼りつけるクロと、それに対する的を射たつっこみに、周囲から笑い声がもれたものである。

「クロ、それじゃ笑顔じゃなくて般若だぞ！」

「あ、クロ君、今度はほっぺが引きつってる！」

周囲の先輩たちもすぐにニックネームでいじってくれるようになり、そうして、どうにかこうにかパレードデビューを果たしたのが二年前の、今と同じ暖かな春だった。

「でもこう見えて、クロちゃんて本番強いのよね」

衣装とともに男性ロッカールームへ戻ったクロは、並んで着替える先輩ダンサーからオネエ言葉でほめられ、苦笑いを浮かべていた。

「ありがとうございます」

他のふたりの先輩からも、高い評価の声が続く。

「そうそう、すっごい激しく動くし」

「若さと元気が、あふれてるわよねー。なんかもう、いかにもオトコって感じだわ」

顔が若干引きつってしまった気もするが素直に、「どうも」と答えておいた。

なにを隠そう、この先輩たちはれっきとした（？）ゲイである。

いや、俺は対象外だって言ってたけど。

わかっているしもう慣れたつもりだが、それでもたまに、こうしてリアクションに困ることがある。

よく知られた話だが、エンターテインメントの世界はゲイやレズビアン、バイセクシャルという性的マイノリティの人が少なくない。ダンサーだけでなく美容師やボディビルダーなどもそうらしいが、ようするに「〝美〟というものにこだわって、常に鏡と仲よくしている」ような職業は、そうした人たちが活躍しやすいということだろう。男性と女性、両方の気持ちや美しさの基準がわかるからかもしれない。

そうした背景に加え、マイノリティとしてつらい思いをすることもあるからか、とくにゲイの人たちには、面倒見がよくて優しい人が多い。友人や同僚として本当に頼りになることを、クロもこの二年で実感していた。

そんな彼らいわく、「クロちゃんはいい子だけど男っぽすぎるから、あたしたちからすると恋愛対象外。だから安心して」とのことだった。少なくともこの職場の人たちに関しては、もっと線の細い男性アイドルのようなタイプがウケるそうだ。

まあたしかに、俺は濃い顔だもんな。

そんな自覚もあるクロ自身は、ゲイでもバイセクシャルでもなく多数派の、いわゆるストレートである。

「あ」

鎖かたびらを模したデザインのアンダーシャツを着たところで、クロは今さらながら気がついた。

「今日のナイトって、一番が慎太郎《しんたろう》さん、二番が昭二《しょうじ》さん、三番が横田《よこた》さんっすよね？」

すると先ほどの先輩三人が、口々に反応してくれた。

「そうよ」

「で、四番ポジがクロちゃん」

「今日もよろしくね」

ユーパラのパレードは、そのものずばり「キャラクター」と呼ばれる中世ヨーロッパの人や生き物をメインキャラクターとする「ユニット」単位で構成されており、ダンサーの多くは、そのなかで複数人のグループやペアを組んでパフォーマンスする。

たとえば、今日のクロたち「ナイトダンサー」は、甲冑《かっちゅう》をまとった王子様をメインキャラクターとする「ナイツ&ホース・ユニット」の所属で、四名の騎士が王子の乗った騎馬風のフロートを守る、という設定だ。そのため、それぞれの踊るポジションごとに番号が振られているのである。

また、各ダンサーとも自分の役においては、すべてのポジションの振り付けが頭に入っている。パレードは連日開催されるが出演者たちはシフト勤務制なので、日によってダンサーの組み合わせは変わるし、故障や体調不良者が出た場合もすぐに代演できるからだ。その日に自分が何番のポジションで出演するかは、パレ棟内の掲示板に貼り出されるラインナップ表で、当日に確認できる。

ちなみに勤務シフトは週休二日ペースで、オフの曜日が基本的に固定されており、そのなかでいくつかの出演パターンが割り振られる形になっている。当日の出勤者全員が必ず出演する「デイパレ」、ユーロ・デイ・パレードを基本とし、キャスティングされた者は、その前後に季節ごとのイベントパレードやショーが二回、もしくは三回。さらに、人によっては電飾も鮮やかなナイトパレード、「イルミ」ことユーロ・イルミネーション・パレードにも配役されるので、最大で一日五本もの本番をこなすことになる。

言うまでもなく、これは肉体的にも精神的にもかなりの負担がかかる。

テーマパークのショーやパレードは、長時間の舞台公演と違って二十分や三十分程度のプログラムばかりだが、〝お客さんの前でプロとして演技する〟ことの緊張感やエネルギーの消耗度は、それらと全く変わらないからだ。しかも舞台と違って屋外の、それもコンクリートやアスファルトの上で踊るうえ、役によってはインラインスケートを履いたり、大きな道具を持つこともある。それを一日に五回である。

本番の合間は基本的に自由なので、体を休めたり食事を取る時間が全くないわけではないが、それでも完全にゆっくりはできない。また、今もそうだが、時期によっては次の季節イベントのリハーサルが夜中まで続けられたりするので、空き時間にはリハーサルルームの片隅で、仮眠を取っているダンサーを目にすることも少なくない。

とはいえ出演者たちは、いざゲストの前に立てば、そんな裏側の苦労は決して感じさせない。常に満面の笑みでステップを刻み、手を振り返し、ときには握手までしながらパフォーマンスし続ける。ユーパラのパレードやショーが大人気なのは、こうしたプロフェッショナリズムに裏打ちされているからこそだろう。

今日のナイトとして組む先輩たちに、にこにこと笑顔を向けられ、クロも顔をほころばせながら続けた。

「よろしくお願いします。てことは、今日は――」

そこまで言ったところで、三人のなかでも一番のベテラン、昭二があとを引き取った。

「そ。ナイトのなかでオ・ト・コは、クロちゃんだけ」

「あら、そういえば」

「デイ・パレードじゃなくて、ゲイ・パレードねえ。おほほほ」

最後の横田のジョークに、ロッカールーム全体がどっと湧く。言われたクロも笑う他ない。

男女合わせて二百名を超えるパレードダンサー全体のうち、生物学的な意味での男性は八十人ほどだが、なんとその半数近くがゲイであるこの職場では、こうしたあっけらかんとした会話が常に交わされている。ひょっとしたら日本で一番、性的マイノリティが過ごしやすい職場環境かもしれない。

「頑張れよ、クロ」

「ミスったら、慎太郎さんが襲っちゃうってよ」

自分と同じくストレート組の同期たちからも、からかう声が飛んでくる。

「洒落《しゃれ》にならねえから、やめろっつーの」

すかさずつっこんだが、当の慎太郎まで面白そうに加勢してきた。

「あら、いいの？　あたし、クロちゃんはタイプじゃないけど、体だけの関係なら全然アリよ。あたしは攻めるのが得意だけど、いい？」

「よくないです！」

「まあ。じゃあクロちゃんが攻めてくれるの？　いや〜ん、意外に積極的ねえ」

「そういう意味じゃないっすよ！」

なかば本気で焦るクロの姿に、ふたたびロッカールームが笑い声に包まれる。そこに本番前の緊張感はあまりないが、そのぶんメンバー全体の結束力や、ファミリーのような空気感がしっかりと存在している。

デイパレは年間を通じて毎日開催されているし、その前後の季節イベントもほぼ一年中行われているので、ダンサーたちは今さら大きく緊張することはない。だがひとたびショーがはじまると、その表情は一瞬にしてエンターテイナーのものとなり、輝くばかりの笑顔がゲストたちに振りまかれるのだ。

　ほんの数分前まで、

「明日オフ？　じゃあ今夜、飲みにいかね？」

「六連勤中だし、昨日も夜中までリハだよ。体いてえ……」

　などと学生アルバイトのような会話をしていた仲間たちが、パレードルートに飛び出した瞬間から疲れなどまるで感じさせず、自身も楽しくて仕方ないという表情で、「よーし！一緒に手拍子しよう！」などと、ちびっ子ゲストの手を取って元気に跳ね回ったりしているのも、もはや見慣れた光景である。

　クロは、この雰囲気が好きだった。

　同僚との会話や他愛ない時間を楽しみながらも、仕事はきっちりと、それも高いクオリティでこなしてみせる。まさにプロという感じ。

《ユーロ・デイ・パレード、スタート二十分前です。出演者の皆さんは、順次スタンバイをお願いします》

　スピーカーから、二度目のアナウンスが流れた。

「よし、行くか」

「さ、今日も張り切っちゃいましょ」

「お願いしまーす」

自身もその一員であることをあらためてかみしめながら、クロは仲間たちとともにロッカールームを出た。


「あの、黒木田さん」

ふたたびLルームに寄って、小道具の剣を手に取ったクロの背後から、遠慮がちな声がかかった。

「はい？」

振り返ると、若い女性が立っていた。セミロングの髪を後ろで束ねた、真面目そうな人だ。

「あ、お疲れ様です」

反射的にそう口にしたのは、彼女が身に着けているのがグレーのジャケットにパンツルックという、パレードスタッフのものだったからだ。

ええっと、よく見るパレマネさん、だよな。

全体で数百メートルにも及ぶパレードの列は、数ユニットごとに「パレードマネージャー」と呼ばれる誘導スタッフが一、二名、邪魔にならないようについている。本番中に事故や怪我《けが》があった際はもちろん、ゲストのドリンクがルートにこぼれたり、小さな子どもが飛び出してきたりといった、思わぬアクシデントに対応するためだ。

それに加えて、パレードの見所のひとつである各種フロートを、しっかり誘導するという大切な役目もある。クロもデビューしてすぐに気づいたが、そうして周囲に気を配ってくれる彼らがいなければ、パレードはスムーズに進むことすらできない。まさに〝縁の下の力持ち〟を地でゆく重要な裏方さんなのである。

「あの、私、アシスタント・パレマネの仙道明里《せんどうあかり》っていいます！」

「はあ」

そんな名前だったんだ、と「よく見るパレマネさん」の胸のネームプレートを、クロは見直した。「SENDO」とたしかに書いてある。ヨーロッパの雰囲気を大事にするためか、ただ単に外国人客も多いからかは知らないが、ユーパラはスタッフのネームプレート表記はすべてアルファベットになっている。出演者であるクロたちは、出番がないときはジャージやTシャツ姿だし、そもそも運営会社の社員でもなんでもないので、そうしたものを普段つける必要はなかった。

「私、この前お友だちとインパークしてて、それで、スプパレで黒木田さんのポジションでゲスト参加させてもらったんです」

「ああ、そうだったんすか。ありがとうございます」

「黒木田さんの門番役、すごく似合っててゲストサービスも優しくて丁寧で、かっこよかったです！」

「そ、そりゃどうも」

必死に感想を伝えてくれる彼女を見ながら、クロはやっと思い出した。そういえば先週のスプパレで、「スタッフの子がひとり、インパしてたわね」と、昭二さんが言ってた回があったっけ。

「私の友だち、黒木田さんのファンなんです。写真もいっぱい撮れたって、喜んでました。ありがとうございました！」

「ああ、いえ、こちらこそ」

素直に頭を下げ返すと、「じゃ、今日もよろしくお願いします！」と、仙道というパレマネは行ってしまった。アシスタントだと言っていたから、ユーパラの運営会社『コスモポリタン・ヴォヤージュ』の正社員ではなく、契約社員かなにかなのだろう。休日を利用して「インパーク」、つまりゲストとして入園していたということらしい。

「俺も、インパークしねえと」

思わず口に出たのは、出演者やパレードスタッフにも研修目的で年に何度かインパークすることが推奨されており、そのためにわざわざ入園チケットも支給されるからだ。期限が定められたチケットで、しかも年に三枚という数は中途半端で微妙だが、それでもこれは受け取る側にはじゅうぶん好評だった。研修とはいえショーやパレードは見ているだけで楽しいし、結局はゲストとしてパークを存分に堪能できるからだ。

でも、男ひとりで来る場所でもねえしなあ。

眉間にしわを寄せながら歩きはじめたクロに、今度は別のパレマネが声をかけてきた。

「あれ？　クロさん、去年のチケットまだ使ってないんですか？」

「お、なっちゃん」

ショートカットの髪が、クロの頭ひとつ下で揺れている。

「今日はナイトのフロート、あたしが担当だからよろしくお願いしますね」

「そっか。なんか、久々じゃねえか？」

「だってクロさんのナイト自体、久しぶりでしょう？」

「そうなんだよ。ここんとこ、デイパレはずっとゴーレムばっかでさ。なんか、マジで体が石になったみたいだよ」

通年で開催されるデイパレでは、多くのダンサーがふたつの役を与えられていて、そのどちらで出演するかは、一ヶ月〜二ヶ月ごとの勤務シフトが出た時点でわかるようになっている。同じ役ばかりだと本人のモチベーションも低下してしまうし、しかもそれが激しく動く役の場合、体の負担も大きいからだ。クロも騎士役のナイトダンサーと、石の巨人であるゴーレムダンサー、両方の役をもらっている。

小柄なパレマネは、クロの言葉に大きな瞳をくるりと回して笑ってくれた。

「あはは。でも、ほんとに似合ってますよね。あ、もちろんナイトもかっこいいですよ」

彼女、加瀬夏海《かせなつみ》はクロたちより一年後輩に当たる『コスモポリタン・ヴォヤージュ』二年目の若手社員だ。自身も学生時代から頻繁に通っていたという長年のユーパラファンだそうで、仕事ぶりにもそれが存分に活かされている。パレードルート上でちびっ子ファンが飛び出しやすい場所や、少し下り坂になっていて無意識にスピードが上がってしまいそうな場所を完全に把握しているので、事前にそれらを防いでくれることもしばしばだ。

「加瀬君は、もう何年もパレマネやってるみたいに感じるよ」

クロたちも尊敬するチーフ・パレマネの男性社員、坂巻《さかまき》もそう言ってほめていたことがある。しかも夏海は帰国子女で、その英語力で王様や王女様役の外国人出演者からも、信頼が厚いのだとか。世間には大型テーマパークの関係者は全員、外国語が堪能だと勘違いしている人もいるようだが、少なくともユーパラに関しては、彼女ほど話せる人材はむしろ少数派らしい。クロ自身も日本語オンリーである。

「あの、クロさん」

パレ棟前に広がるスタンバイ場所、「デッキ1」と呼ばれる広場に肩を並べて到着したところで、その夏海がためらうような口調になった。いつも朗らかな彼女にしては、めずらしい。

「ん？」

「もし、ひとりでインパークしにくかったら」

夏海が小声で続けようとした、そのとき。

「カンナさん」

そう呼びかけながら、作業用ブルゾンにチノパン姿の男性が近寄ってきた。衣装係のユニフォームだ。小さな顔には、高そうな縁なし眼鏡。

「…………」

「カ・ン・ナ・さん」

わざとらしく区切りながら下の名前でもう一度呼ばれ、クロは嫌々ながら返事をした。

「名字かあだ名で呼べって、言ってんだろ」

「いえ。他部署ですが、社内に同じ名字の人間がいますので」

こちらの希望を冷静に却下しながら、目の前の衣装係は眼鏡のつるをかけ直したりしている。よく見せる気障《きざ》ったらしい仕草だが、顔立ち自体が整っているので、似合うのがますます腹立たしい。

クロは慇懃無礼《いんぎんぶれい》なこの男、衣装部の鈴木《すずき》俊郎《としろう》と、どうにも相性が悪かった。

それとなく他のスタッフに訊いたところ、自分と同じく一昨年度の採用だそうだが、てきぱきした仕事ぶりと出演者への細やかな心配りによって、衣装部だけでなく裏方さん全体の間で、瞬く間に一目置かれるようになったんだとか。

ちなみに、たしかに同じ「黒木田」姓の人物がいることをクロ自身もつい最近確認したのだが、それはなんと社員食堂のおばちゃんだった。

「絶対、嫌がらせでやってるだろ、おまえ」

「そんなことはありません。万が一、連絡ミスなどがあるといけませんから」

「あるわけねえだろ」

パレードダンサーと社食のおばちゃんの間で、どういう取り違えが起こるというのか。

小一時間ほど問い詰めてやりたい。

となりでは夏海が、そんなふたりのやり取りを聞きながら笑いをこらえている。

その夏海には、「お疲れ様です、加瀬さん」と如才なく挨拶しつつ、鈴木俊郎はさらに続けた。

「だって、いい名前じゃないですか。環和さん」

「どこが」

「円環をもって和を成す。そういう意味でしょう？　まさにあなたに一番欠けている部分です。少なくとも名前は、それを補ってくれています」

「…………」

たしかにわかりやすい字かもしれないが、なんでこいつにまでそれを理解され、しかも説教じみた講釈まで受けなきゃならんのだ。

ますます渋い顔になったクロは、ささやかな反撃を試みることにした。

「そういうシロのほうは、なんか意味がある名前なのかよ」

わざとらしく、「シロ」という部分を強調してやった。彼は「俊郎」の名の一部を取って「シロさん」「シロちゃん」などと呼ばれ皆に頼りにされている。だが本人的には、あまりその呼び名が好きではないらしいと、噂で聞いたことがあった。

が、またしても、少なくとも表面上は冷静にあしらわれてしまった。

「カンナさんこそ、その呼び方はやめてください。そもそもあなたは、衣装部の人間でも裏方でもないでしょう」

「いいじゃねえか。衣装部じゃなくても、女のダンサーとかもそう呼んでるだろうが」

「加瀬さんもそうですが、美しい女性はいいんです。その代わり、あなたのように脳みそまで筋肉な人から呼ばれるのは、断固拒否させていただきます」

当然のような顔でしれっとのたまうので、もはや反論する気も起きなかった。「美しい女性」にすかさず反応した夏海が、となりで純情な女子高生のように頬を染めているが、あえてそれも放置しておく。

夏海はさておき、女性ダンサーたちが本番終了後に衣装を返しながら、「シロさん、ありがとうございましたあ！」「シロさんって、うちの男ダンサーなんかより、よっぽどかっこいいですよねえ」などと、普段より高い声で嬉しそうに話しかけている様子は、パレ棟で実際によく見かける光景だ。聞くところによるとバレンタインデーの本番終了後には、彼に返される衣装に限って、やたらとチョコレートが付属しているとか、いないとか。

「ふん、あんな露骨なアピールされたら、こっちが恥ずかしいわ」

「それは実際にアピールされてから、言うべき台詞《せりふ》ですね」

「ぬ……」

またしても、ああ言えばこう言うというふうに返されてしまった。だがたしかに、シロの言うとおり、クロは女性ダンサーたちからさほど人気があるほうではない。いや、むしろ折り合いが悪い人間も何人かいる。

「まあダンサーですから、ちょっと変わった女性が多いのは事実ですけど」

フォローというわけではないのだろうが、クールな口調でシロはそう続けた。

テーマパークに限らず、芸能の世界で生きていこうとする、それも美しさを売りにする女性たちというのは大なり小なり、競争意識や自己愛を心に秘めている。そうでなければやっていけない厳しい業界だからこそだが、そのストレスからか、飲酒や喫煙に逃げる人間もじつは少なくない。

「残念アイドルみたいな子、ほんと多いよな」

「入ったときは、美人揃いでドキドキしたけど」

「外身と中身のバランス取れてる子、いないかなあ」

結果、出演者、裏方問わず男性陣の多くが、こうした感想に落ち着くことになる。

「そういうこと。俺は見た目に騙《だま》されないんだよ。おまえみたいに、外面よくしたりもできねえし――おわっ⁉」

めずらしく意見が一致したと思いきや、話を最後まで聞いていなかったらしい。いつの間にかしゃがみ込んだシロは、なんとクロの右足を無造作に持ち上げた。

「あ、あぶねえだろうが！　なにすん――うおっ⁉」

今度は左足。

「ふむ。右だけ、ですか」

28・5センチあるその両足の、甲のあたりをまじまじと眺めてから、シロは呆れたような顔をしている。

「右だけ？」

奇妙な行動に、夏海がすぐ反応した。このあたりは、さすがパレマネだ。

それに対して無言で頷《うなず》きつつ、シロはふたたびこちらの顔をじっと見つめてきた。

「カンナさん」

「な、なんだよ」

「今日もウォームアップ、しましたか？」

どうやら声をかけてきた目的は、最初からこれだったようだ。

「は？　いつもどおりしたけど」

「いつもどおり、ですか。どうせまた、着替えてからも乱暴なアップをしたんでしょう」

「はあ!?」

「衣装は大事に扱ってくださいと、いつも言っているのに」

やれやれといった様子で首を振るシロの姿に、夏海がなにかに気づいた顔になった。

「クロさんの衣装、どこか不具合ですか？」

「え!?」

さすがに彼女は足を持ち上げたりしないが、やはりしゃがみ込んでクロの足をまじまじと観察している。

「あ！　ほんとだ！」

そうして小さな手が示した場所は、クロの右足首あたりだった。

「クロさん、シューカバーが壊れかかってます！」

「マジか!?」

あわててクロ自身も、自分の右足を確認する。

たしかに足の甲からくるぶし、さらにはその上にかけてシューズごと覆い、騎士の脛《すね》当てのように見せるカバーの外くるぶしの部分が、少しだけ切れかかっていた。履き物ということもあるしサイズもそれぞれ違うので、シューズ自体は個々人の管理となっているが、こうしたパーツは衣装の一部として、Lルームに出されるハンガーのなかに毎回含まれている。

「うわ、やべえ！　でもいつの間に？　ていうか、なんでだ？」

「なんでだ、じゃないでしょう。どうせまた、筋肉任せに乱暴なウォームアップでもしたんじゃないですか？　衣装を着たまま、バーベル担いでスクワットしたりとか」

「するわけねえだろ！」

疑わしい目をするシロにすかさずつっこみつつ、クロはあらためてここまでの自分の行動を思い出してみた。もちろん衣装を着けてからも体が冷えないように軽いアップはしたが、そこまで激しい動きはしていない。せいぜい振りを確認したり、ストレッチしたりという程度だ。そもそもどんなダンサーも、シロが言うとおり衣装を傷つけないために、本格的なウォームアップは着替える前に済ませておくものである。

「いやいや、やっぱいつもどおりだって」

「まあ、そういうことにしておきましょう」

「ほんとにそうなんだよ！」

　憎まれ口を叩き合いながらも、シロは腰に下げているウエストポーチから素早くガムテープを取り出し、あっという間に裏側から応急処置をしてくれた。悔しいが、こうした仕事ぶりはたしかにさすがである。

「おお、サンキュ。ちゃんとくっついてら」

　何度かステップを確認しながら、クロはシューカバーが安定していることに、満足そうに頷いた。

「当然です。ただしあくまでも応急処置ですから、この本番が終わったらあらためて申告してください。きちんと修繕しておきますので」

「おう。悪いな」

「まったくですよ」

　仲がいいのか悪いのかわからないふたりの会話に、ふたたび笑っていた夏海が思い出したように訊いた。

「シロさんも今日、随伴《ずいはん》ですか？」

　万が一、本番中にこうした不具合が出てしまった場合に備えて、衣装係も数名パレードに随伴することになっているのだ。もちろん目立たないように、ユニットごとの切れ目や最後尾にさり気なくという形である。

「ええ。とくに今日は、インラインスケートが新しくなったので」

「そっか、新しいのが入ったんですよね」

テーマパークの大型パレードらしく、ユーロ・デイ・パレードにもインラインスケートで颯爽《さっそう》と滑る役柄が存在する。もちろんそのための技術を持っていることが前提で、この手の特殊な役を決める際には、社内オーディションが開かれたりもする。

「はい。スケーター役の方々は、さすがに筋肉任せに滑ったりはしないでしょうけど、やはり注意しておかないと」

答えながらシロがわざとらしい視線を向けてきたので、クロはすかさず抗議した。

「人をボディビルダーみたいに言うんじゃねえよ。俺だって、れっきとしたダンサーだ」

「でも、振り付けさんにも言われてるんでしょう？　エネルギッシュなのはわかるけど、全部力技に見えるって」

「う、なぜそれを」

痛いところを突かれ、その顔がひきつった。たしかにクロのダンスは、華麗とか優雅というタイプとは正反対の踊りである。しなやかさよりも、スピードやキレ。柔らかさよりも、パワー。ゲイの仲間も多いなかでは、その過剰なほどに男性的で力強いダンスは余計に目立つのだった。門番の銅像やゴーレム、そうでなくともせいぜい兵隊や木こりといった役ばかりなのは、大きな身長のせいだけではないだろう。

「で、でもハロウィンのフランケンとか超似合ってましたよね！　あ、ほら！　クリスマスの、もみの木とかも！」

「なっちゃん……あんまりフォローになってねえぞ」

しかもどっちも人間ではない。「はまり役」と言ってもらえるのはありがたいが、たまには他の、どちらかと言えばスマートな感じの役をやってみたいと思うことも、なくはない。そんなこともあってまぎれもなく人間で、しかも小道具の剣をさばきながら凜々しく踊れる今日のナイトダンサーは、自身にとってお気に入りのひとつとなっていた。

「あれ？」

腰に佩《は》いたその剣を確認しながら、クロは首を傾げた。

「でもなっちゃん、なんで俺のフランケンとかもみの木、知ってんだ？　あれ、一昨年の役だぞ」

クロの言うそれらの役は新人の年、つまり一昨年の季節イベントでのものだ。夏海は昨年入社のはずだが。

「あ、えっと、資料で見たんです。新人研修のときに。ここ最近のイベントのいろんな役の紹介で、一番似合ってる人の写真が使われてて」

「ああ、そういうことか。一番それっぽいダンサーね。って、やっぱ俺かよ！」

思わずつっこんだときには、夏海はわざとらしく、「お願いしまーす！」と、集合してくる他のダンサーに向かって挨拶をしていた。まったく。

ふと見ると、シロのほうもいつの間にか後ろのユニットへ向けて歩き出している。他のダンサーの衣装にも不具合がないか、チェックするのだろう。

そうこうしているうちに、同ユニットの三人の先輩たちも揃って到着した。

「クロちゃん、相変わらず早いわね」

「今日も頑張りましょ」

「激しく攻めて、ゲストをヒーヒー言わせちゃってね」

「横田さん。なんかそれ、違いますよね」

凜々しい騎士たち（といっても、うち三人はオネエ言葉のゲイだが）の間で、いつものような会話が交わされたところで、みたびバックヤード専用のアナウンスが響き渡った。

《ユーロ・デイ・パレード、スタート五分前です。本日も、よろしくお願いします》

「お願いしまーす！」

総勢二百名近い出演者、スタッフからも一斉に挨拶が返るが、パレードの列のテンションは、まだそれほど上がってはいない。皆、思い思いにストレッチや小道具のチェック、ペアダンスを踊る貴族役は、男性が女性をリフトする箇所の確認などをしている。

そして、一分前。

《ユーロ・デイ・パレード、スタート六十秒前です》

その瞬間、デッキ1と表舞台を分ける大扉の向こうから、盛大なファンファーレが聞こえてきた。

《お待たせしました！　間もなくユーロ・デイ・パレード、スタートです！　ゲストの皆様、存分にお楽しみください！》

やたらと滑舌のいいアナウンス。続くドラム音と英語の台詞。

《Ladies & Gentlemen, Boys & Girls. Euro Paradise proudly presents, Euro Day Parade!!(ご来園の紳士淑女、少年少女の皆様。ユーロ・パラダイスが誇りとともにお贈りする、ユーロ・デイ・パレードです！)》

ゲストの、わあっという大歓声と盛大な拍手がここまで聞こえてくる。

それがスイッチだった。

扉の向こうの人たち、自分たちを数十分間、ときには一時間以上も待ってくれていた人たちの声と手が、その場にいる皆の気持ちを一気に盛り上げてくれる。

「おっしゃ！　行こうぜ！」

「お願いしまーす！」

「今日も頑張ろう！」

全員が笑顔。全員が元気。全員がエンジョイ。

一気にハイテンションになり、たがいに親指を立て、ハイタッチし、拳を合わせたダンサーが、王様が、騎士が、魔法使いが、妖精が、そして裏方さんたちまでもが、満面の笑みとともにパレードルートへと飛び出していく。

パレードが、ふたたびはじまった。

《Dancing & Laughing, Movin'on!（踊って、笑って、進んでいこう！）》

《Stepping & Clapping, Hey, Come on!（ステップ踏んで、手を叩いて、さあおいで！）》

スピーカーから響く元気な歌に、トランペットやトロンボーン、太鼓に鉄琴などの生演奏が重なる。

ユーロ・デイ・パレードの先頭は、十人からなるマーチングバンドだ。ダンサーたちのように派手な動作こそできないものの、行進する足並みと、曲の要所要所で入る楽器の筒先やスティックの動きは、見事なまでにぴたりと揃っている。

彼らの後ろから、このパレードの象徴でもあるもっとも大きなフロートが進んできて、手拍子と歓声がひときわ大きくなった。

「あっ！　キング様！」

「クイーン様も一緒だ！」

「こっち向いてくださーい！」

フロート上、ビルの二階ほどの高さにしつらえられたテラス風のスペースで、それらの声に応えながら、王様と王妃様が堂々と手を振っている。ユーパラのメインホストという設定の、ユーロ・キング&クイーンである。続くフロート群の左右には、賢者や大臣、道化師に宮廷画家といった、王宮づきの人々に扮したダンサーたちもいる。踊りのなかで道化師はボールを使ったジャグリング、画家は実際にキングの似顔絵をさらさらと描いてみせたりもするので、「おおー！」という声がそのたびに上がっている。

王宮の人々に続く第二陣は、明らかに一般市民役とわかる出演者たちだ。教会を模したフロートでは牧師様が穏やかな笑顔で手を振り、地上では籠《かご》を手にした花売り娘のダンサーたちが、バレエ風の軽やかなステップとともに、運のいいゲストに造花を手渡していく。

《Hi, Mr. Um……This is my heart!（こんにちは、お兄さん。ええっと……私の気持ちです！）》

花をもらったゲストのなかには中学生くらいの男の子もいて、顔を近づけられて真っ赤になっているのが微笑《ほほえ》ましい。肉屋や魚屋といった衣装の男性ダンサーユニットが、「俺にもくれよ！」とばかりに、コミカルな振り付けでその周囲を動き回る姿が、笑いを誘う。

第三陣はがらりと変わって、鍛冶屋や木こりなど男くさい集団に変化する。フロート上にいるのも、いかにも〝頑固職人〟といった感じの外国人俳優や、森の主と思しき大きな熊などで、力強く頷いたり腕を組んだりしながら、大仰にゲストの歓声に応えている。

そんななか。

「わあ！」

「かっこいい！」

とくに女性ゲストからの黄色い歓声を浴びているのが、門番や衛兵といった露払いを従え、甲冑をまとった王子様が乗る騎馬風のフロートと、そのまわりを固める騎士団からなるユニットだった。

《Yes, Your Highness!（かしこまりました、殿下！）》

力強い剣さばきとともに踊っていた四人の騎士が、きりっとした生声でそう叫びつつ、ゲストのほうへと向き直る。そして、ひざまずきながらピタリと決めポーズ。

「すげえ！　本物みたい！」

ちびっ子が声を上げた先にいるのは、クロである。それに応えるように彼がにっこり頷くと、となりのお母さんまで、「きゃー！」と女の子のような悲鳴を上げた。フロートの前方で、誘導役の夏海がコンマ数秒だけ複雑な表情になったが、もちろん誰ひとりとして気づかない。

さらにその後の第四陣で魔法使いや妖精、角の生えたモンスターといった、よりファンタジックなダンサーやキャラクターが、最後の第五陣で発明家や芸術家、科学者などのルネサンス期を象徴するような人々が、やはりそれぞれ〝らしい〟衣装やダンス、演技とともに通過したところでパレードはいったん停止した。

「さあ皆さん、一緒に踊りましょうぞ！」

全長六百メートルにもおよぶパレードの、後ろから二番目。キャラクターが乗っているものとしては最後尾となるフロート上で、モナ・リザ風の絵に向かい合っていたレオナルド・ダ・ヴィンチと思しき人物が立ち上がり、絵筆を掲げてゲストに呼びかける。同時に周囲のダンサーやパレマネたちも、「どうぞこっちへ！」「一緒に踊ってみましょう！」と声をかけながら、小さな子どもや家族連れを中心にパレードルートへと誘い込む。ゲスト参加パートだ。
「では皆さん、このダ・ヴィンチとともにやってみましょう。最初は足踏みを四つ！　はい、一、二、三、四！　おお、そうそう、そんな感じですぞ！　そこのお父さん、とってもよろしい！」
フロート上のキャラクターたちは、ダンサーではなく専門の俳優が演じているので、こうしたゲストいじりもお手のものだ。当然ながら第一陣ではキングとクイーンが、第二陣ではやはりフロート上の市長さんや牧師様が、これらの役割を請け負っている。
そうして、簡単な足踏みや手振りだけのダンスを教え終わると、
「では、曲に合わせてやってみましょう！　これぞ、我らユーパラが発明した、フレンドリー・ダンス！　ファイブ、シックス、セブン、エイッ！」
ユーロ・キングやダ・ヴィンチら各ユニットのメインキャラクターの音頭とともに、あらためて曲が流れはじめる。
《Dancing & Laughing, Movin'on! (踊って、笑って、進んでいこう！)》
《Stepping & Clapping, Hey, Come on! (ステップ踏んで、手を叩いて、さあおいで！)》
《この日　この場で　笑顔を交わしたら》
《国を越えて　時を超えて　ずっとずっと　フレンズ》
「ＯＫ！　今の踊りを、あと三回！」
騎士団のユニットでも、さっきの男の子の手を取ったクロが、そう声をかけながら満面

の笑顔で一緒に踊っている。となりでは、お母さんもにこにこ顔だ。

《ずっとずっと　フレンズ》

「よーし、最後は一緒にバンザイだ！　お母さんも一緒に、せーの！」

《君とずっと　フレンズ！》

「ヘイ！」

歌詞の終わりとともにすべての出演者、スタッフ、そしてゲストたちが声を揃えた瞬間。フロートの前後と、いつの間にかキャラクターたちが手にしていた大きな筒から、カラフルな紙テープと大量の紙吹雪が飛び出した。

「わー！」

「おおー！」

「すごーい！」

自然と湧き上がる、数万人の大きな大きな拍手。無数のデジカメやスマートフォンのシャッター音も、聞こえてくる。

「ありがとうございました！　また、一緒に踊りましょう！　では皆の衆、もう一度、出発！」

ユーロ・キングの声がスピーカーから流れ、パレードがふたたび動き出す。

「騎士の兄ちゃん、ありがとう！」

「ありがとうございました！」

ずっと手を振り続けてくれる親子連れに、凜々しいお辞儀を返したクロは、ふたたび剣を抜き放って力強く踊りはじめた。


「シロ、サンキュー！」

「お疲れ様でした」

本番終了後。クロがコスチューム倉庫のカウンターへ応急処置してもらったシューカバーを返しにいくと、ひと足先に帰っていたシロは、冷静な返事をよこしてきた。

「カバー、全然気にならなかったよ。ありがとな！」

「そうですか。それはなにより」

受け取ったシューカバーに、シロはさっさと消臭スプレーをかけ回している。

「なんだよ、相変わらず素っ気ねえなあ！」

「私は普通です。むしろカンナさんが、本番のテンションを引きずりすぎなんです。声も大きいし」

「いいじゃねえか。ひと仕事やりきったんだから」

「まだスプパレ二本目もあるでしょう。それに夜には、サマーイベントのリハーサルもあるんじゃないですか？　さっさとクールダウンして、体を休めたほうがいいと思いますが」

「あ、そっか。俺の役も今日からリハだった」

「わかったら、さっさとシャワーを浴びてきてください。後ろもつかえてますので」

動物を追い払うように邪険に手を振られたが、言うことはもっともだったのでクロは素直に、「んじゃ、カバーよろしくな」とロッカールームへと戻っていった。その様子を見て、やっと邪魔者がいなくなったとばかり、次に並んでいた女性ダンサーがカウンターにかじりついてくる。

「シロさん、ありがとうございましたあ！」

そう言いながら彼女が手にしたのは、バストの部分に入れる厚手のパッドだった。

胸元が見えてしまわないためと、同時にスタイルよく見せるため、これを使っているダンサーは結構多い。そうと知らなかったクロなどは初めてそれを見たとき、「なんだよ、ニセ乳かよ」と思わずつぶやいてしまい、一斉に刺すような視線を向けられたものである。

「これ、お願いします！」

わざとらしい前かがみの姿勢でパッドを渡されるも、シロのほうはいたって冷静、かつ事務的にそれを受け取り、洗濯物用の大きなカゴにさっさと放り込んでいる。

「お疲れ様でした。次の方、どうぞ」

そうして営業スマイルとともに列の回転をうながすので、女性ダンサーは、「くっ、次こそは！」などと、悔しそうにつぶやきながら列を離れていく。

もはやお約束と化している、パレード直後の一風景だった。

＊＊＊

翌日。

「あ、クロさん！　昨日は、ありがとうございました」

「おう、なっちゃん。いいっていいって。どうせ今日は、デイのみだったし」

昼前にのんびりとパレ棟に現れたクロを見つけて、夏海がすぐに声をかけてきた。

「でも、本当に助かりました。疲れてませんか？」

「ああ、俺は全然。鍛え方が違うって。ははは」

昨日、クロは本来ならナイトパレードの出演予定はなかったが、二本目のスプリング・パレードで男性ダンサーがひとり足を捻《ひね》ってしまったため、急遽《きゅうきょ》代演を頼まれて「通し」の一日になっていた。とはいえ自身も言うように、たまたま翌日がデイパレのみだったし、結局その後も次の季節イベント『ユーロ・ウォータースプラッシュ』のリハーサルがあったので、快く引き受けたのだった。

「ありがとうございます。あ、今日はゴーレムでしたっけ」

「おう。それもあるから、全然大丈夫だよ。サンキューな」

昨日のナイトと違い、ゴーレム役は激しい動きが少ないポジションだ。文字どおり石の巨人風のごてごてした衣装と、顔面まで灰色に塗る特殊メイクで巨大な旗を持ってのっしのっしと練り歩く。もちろん踊りながらではあるが、その振り付けもジャンプやターンはほとんどなく、ストップモーションや力強く見得を切るようなポーズが多い。

「あたし、クロさんのゴーレムも好きですよ、ほんと」

「本物っぽいからか？」

「はい！　って、ご、ごめんなさい！」

「はは、スタッフさんにそう言ってもらえるなら、本望だ。んじゃ、またあとで」

あわてて両手を振る夏海に笑いかけると、クロはパレ棟二階にある「ダンサールーム」へと向かった。

「こんちはっす」

誰にともなく声をかけつつ、ガラス張りの引き戸を開けてなかに入る。そのまま、すぐ脇にずらりとならんでいる細長いプラスチックボードのなかから、自身の名前が記された一枚を取って、真下にあるボックスへ入れた。

着登板《ちゃくとうばん》と呼ばれるこの出勤確認システムは、演劇の世界から来たものである。もっとも、あちらは楽屋にかかっているそれを色の違う裏面にひっくり返して、「私は劇場入りしてますよ」と示す形らしいが。いずれにせよ、このあたりはエンターテインメント業界らしく、ユーパラもそうした風習を踏襲しているようだ。

「あらクロちゃん。今日はデイのみ？」

すぐそばのテーブルにいた、こちらは外見も中身も女性、つまりストレートな先輩女性ダンサーが、丸いピアスを揺らしながら手を振ってくれた。

大きなラウンジ風になっているダンサールームは、その名のとおりダンサーの溜まり場だ。そして同時に本番前の注意事項などがスタッフから伝えられる、ブリーフィングルームでもある。

「はい。終わったあと、軽く筋トレしていきますけど」

「相変わらずね」

先輩ダンサーはそう言って苦笑したが、すぐそばにいた同期の女子は、わざとらしく目を逸らしている。

昨日シロも言っていたが、とくに女性ダンサーには一般人と違う感覚を持った人間も多い。そしてまっすぐすぎる性格のクロは、そんな彼女たちとは水と油の関係にある。

昼からでも「おはよう」が多い出勤時の挨拶が、クロだけは一般人同様に「こんにちは」のままという点にも、価値観の違いが表れている。

そうした空気はいつものことなので、気にすることなくボックスのとなり、アカサタナの行別に並ぶカ行のケースを見たクロの口から、嬉しそうな声がもれた。

「お」

このケースはゲストからダンサーに届く手紙や写真などを、パレマネが名字の頭文字ごとに分別しておいてくれるもので、気づいた本人たちが自分で回収していくシステムになっている。

「これ、よく撮れてるなあ」

そうして彼が手に取ったのは、二通の封筒だった。

「こっちは……おお、またちびっ子か」

ふたつの手紙はいずれも宛名のところに、ユーパラの住所とともにクロのプリクラ写真が貼られ、「パレードの、こちらのお兄さんへ」と書かれている。

テーマパークの出演者には、こうした形でファンレターが届くことが少なくない。なかにはダンサーマニアのような熱心な常連客もいて、バレンタインデーには若干引いてしまうような手作りチョコが届いたり、出退勤ゲートで出待ちのようなことをする困った人もいるらしいが、いわゆる一見《いちげん》さんや年に一、二回しか来ることのできない遠く離れた土地のゲストが、こうやって直接感謝の言葉や感想を伝えてくれるのは嬉しいし、なによりの励みになる。

「クロちゃんはほんと、子どもとお年寄りにはもてるわね」

先ほど声をかけてくれた先輩が、ファンレターに目ざとく気づいてふたたび笑っている。

「いいんすよ。お客様に貴賎なし、〝すべてのゲストが王侯貴族〟っすから」

ユーパラの掲げるスローガンを高らかに返しながら、クロは上機嫌でダンサールームをあとにした。

〝全てのゲストが王侯貴族〟というのはユーパラが誇るスローガンであり、パークの特徴もよく表している言葉だ。実際、ユーパラのスタッフはクロたちエンターテイナーだけでなく、各アトラクションの係やゴミ拾いのスタッフにいたるまで、笑顔とサービス精神にあふれており、ネットで「神対応」などと紹介されることもしばしばである。一年前に来たカップルを覚えていた入園ゲートのスタッフが、ふたりの薬指の指輪に気づいて、「ご結婚されたんですね！　おめでとうございます！」と、ハート形のシールをプレゼントしてくれたこと。ポップコーンのカップをひっくり返して泣いていた子どもがまったく別のチュロス売り場で、「はい、ポップコーン残念だったね」と、一本おまけしてもらったこと。そうしたエピソードが、よくブログやSNSで語られ拡散している。

逆に、まれにではあるがクレーマーのような困ったゲストが来てしまった場合には、運営会社『コスモポリタン・ヴォヤージュ』の法務部がバックヤードで毅然《きぜん》とした態度で対応し、水面下できっちり話を収めているのだとか。

なんにせよ、地方のテーマパークにもかかわらず学生の「働きたい会社」ランキングでも常に上位に名前が挙がるくらい、コスモポリタン・ヴォヤージュ＝ユーパラの企業イメージは、よいものとして知られているそうだ。

そのホスピタリティをこの日、クロ自身も思わぬ形で発揮することになった。

原因は、デイパレでゴーレム役が掲げる小道具だった。

バナーと呼ばれるそれは、小道具とはいえ全長三メートル近くもあるスポンサー名が刺《し》繍《しゅう》された大きな旗で、重さも五キロを超える。スポーツ大会でよく見る優勝旗を倍ぐらい大きく、そして細長くしたものとでも言えばいいだろうか。腰のベルトにカラビナというフック状の金具で固定してはいるが、風をはらんだときなどはそれでも相当な力が必要になるので、これを持つ役は男性ダンサー限定になっている。

しかし。

クロの持つバナーの、そのカラビナ部分がポロリと取れてしまったのだ。

うおっ!?

最初のゲスト参加パートとなる、パレードが停止したタイミングでそれは起きた。さすがに声こそ出なかったし笑顔も崩さなかったものの、クロは焦った。両腕にかかる重さが、唐突にがくんと増えたからだ。

外れた!?

こっそり視線を向けると、案の定だった。通常ならバナーのお尻部分についているカラビナが、今は腰のベルトからむなしくぶら下がっている。まずい。これではあと三回のゲスト参加も含む、残り二十分以上のパレード中、腕力だけでバナーを支え続けなければならない。

固定するところが、緩んでたのか!?

そうとしか考えられないが、信じられないという思いもあった。衣装ならともかく、こんな大きな道具の、しかも金具部分が簡単に外れるだろうか。

ああ、もう！　しょうがねえ！

いずれにせよ、今さら原因がわかったところでどうしようもない。意を決して、「さあ皆さんも、一緒に！　いきますよー！」と満面の笑顔で声を出したとき、この日も同じユニットにいた昭二と目が合った。

「ス・テ・イ」

　こちらの足元を示すさりげない指先と、唇の動きだけでそう伝えた昭二は、そのままいつもどおりの明るい笑顔で、「じゃあ、このあたりの皆さんは僕と一緒に足踏みでーす！　いくよー！　はい、いち、に、さん、し！」と、自身とクロが担当するエリアの中間に歩を進めていく。

　ありがてえ！

　さすがは、パレード歴十年にもなろうかというベテランだ。いち早く、こちらの異変に気づいてくれたらしい。本来はゲストの目の前まで移動して、昭二同様に足踏みをリードする予定だったクロは、彼のこの機転のおかげで「ステイ」、つまり移動なしでバナーの保持に集中したまま踊ることができた。しかも、そのステイ場所はちょうどフロートの真ん前だったので、知らないお客さんにはそれが通常のポジションのようにしか見えないだろう。昭二は、そこまで考えたタイミングで指示を出してくれたのだ。

　やっぱ、さすがだな。

　頼りになる先輩のフォローに応えるように、クロもその場で満面の笑みを作りながら、しっかりとバナーを支え続けた。

　その後、昭二以外の仲間たちもすぐに異変に気づいてくれて、残りのゲスト参加パートでも代わる代わるクロのポジションを受け持ってくれたり、ゲストが途切れる橋の上ではユニット担当のパレマネが、「大丈夫？　歩いてるときも踊らなくていいけど」と言ってくれた。

だが、さすがにそこまで甘えるわけにはいかない。

「大丈夫っす。スポンサーバナーですし、ゲスト参加以外はやります！」

力強く頷いたクロは、その宣言どおり腕力だけでバナーを支えて踊り続け、見事にパレードをやり切ったのだった。


「お疲れ様でしたー！」

パレードのゴール扉裏、「デッキ2」の広場に入ったクロは、大きく息をつきながら大バナーをそっと地面に下ろした。

すると、まわりからなぜか拍手が湧いた。言うまでもなく、ゲストではなくダンサー仲間やスタッフからだ。

「お疲れ、クロ！　すげえなあ。よく頑張ったな！」

「ほんとほんと。あたし、惚《ほ》れちゃうかも！」

「大丈夫でしたか？　このバナー、すごく重いやつですよね。私、ちゃんと報告しておきます！」

仲間たちやパレマネが労《ねぎら》いの言葉をかけてくれるだけでなく、妖精や森の動物といったキャラクターたちまで、分厚い着ぐるみの手でぽんぽんと肩や背中を叩いたり、愛らしく親指を立ててくれながらパレ棟へと引きあげていく。それだけクロの頑張りを、認めてくれているのだ。

「筋トレしといて、よかった」

ぱんぱんになった肩や腕をさすりながら、クロ自身も引きあげようとしたとき。

「めずらしく、筋肉踊りが活きたようですね」

眼鏡のつるを触りながら、シロが現れた。口調こそ皮肉めいているが、その顔は素直に感心しているように見える。今日は随伴していなかったらしい。

「しかしこのバナーをパレードの間中、持ち続けたとは。本当にカンナさんは、力技専門ですねえ」

「おい、全然ほめてるように聞こえねえぞ」

「当たり前でしょう。別にほめてはいません」

「…………」

「まあ、スポンサーさんの名前を掲げ続けてくれたことには、私からも感謝しておきます」

「なんで衣装係のおまえが、感謝するんだよ？」

いつものように憎まれ口を叩き合いながらも、次々と帰ってくる出演者たちの流れに乗って、ふたりも並んで歩き出した。

両手を差し出しながら、シロはしれっと続ける。

「私たちの給料の元の一部は、スポンサーさんの協賛金ですからね。自分の生活を豊かにするためにも、ゲストの次に敬わなければいけないに決まっているでしょう」

「おまえ、ほんとに可愛げがないヤツだな」

差し出された両手に、クロはそっとバナーを渡した。彼の目が、「バナーを見せてごらんなさい」と言っていたからだ。小道具は衣装係ではなくパレマネの管理品になるが、一応チェックしてくれるということだろう。

「あれ？　おまえひょっとして、わざわざこのために――」

「違います」

意外に思ったクロの言葉は、にべもなく、むしろかぶせ気味に否定されてしまった。

「なんだよ、まったく。ほんとおまえは可愛げがねえっつーか、サービス精神に欠けるっつーか」

だが、バナーのお尻を見つめているシロには、そんなぼやきも聞こえなかったようだ。

「カンナさん」

「ん？」

「今日もゲストに、写真を撮られましたか？」

「は？」

なにを言い出すんだこいつは、とクロは思ったがすぐに納得した。

「おう。そういや、いつも以上にシャッターの音が聞こえたかも。フロートの真ん前でステイさせてもらったから、余計に目立ったんだろうな。あ、でもバナーを落としたりはしてねえし、もちろん疲れた顔も見せてねえから安心しろって」

「そうですか。それはなにより」

「それにしても、ついてねえよなあ。昨日は衣装で、今日は小道具の不具合か。お祓《はら》いにでも行くかな。はは」

のほほんと頭をかくクロに、「なるほど」とつぶやいたシロがバナーを返す。反射的に受け取ったものの、やはり重い。

「わかりました」

眼鏡の奥からの視線が、バナーのちょうど破損した部分を見つめている。

「わかりましたって、このカラビナが外れた原因か？」

「ええ」

「そっか。まさか俺のせいってわけじゃねえよな」

「いえ。あなたが原因です。カンナさん」

冗談めかして言ってみたが、クールな衣装係から返ってきたのは予想外の台詞だった。

「はあ!?」

バナーを手にしたまま、クロは大きな声を上げた。

「なんで俺なんだよ!?　スタートした時点では、カラビナはちゃんとくっついてたし、そもそもこんな重いもん、乱暴に取り扱えるわけねえだろうが」

「そうですね」

「はあ!?」

またしても、同じリアクションを繰り返してしまった。揚げ足を取るように、シロは眼鏡のつるを触りながら続ける。

「困りましたね」

「はあ!?　そりゃ、こっちの台詞だ！」

「困りました。カンナさんのリアクションは、ワンパターンで面白みがないですから」

「そこかよ！」

律儀につっこんでしまう自分が悲しいが、ああ言えばこう言う、という文言が服を着て歩いているようなヤツだし、仕方がない。

気を取り直して、もう一度クロは確認した。

「なんでバナーのカラビナが取れた原因が、俺にあるんだよ？」

するとシロは質問をスルーして、ますますわけのわからないことを言い出した。

「それにしても、なんでカンナさんなんでしょう。他にもっといいダンサーはいるのに」

「なんだ、そりゃ？　しかも意味わかんねえけど、相変わらずなんかむかつく」

さっぱり要領を得ない回答に顔をしかめていると、ぱたぱたと足音が聞こえてきた。

「あ、いた！　クロさーん！」

夏海だ。となりにはチーフ・パレードマネージャーの坂巻もいる。クロを探しながら走ってきてくれたのだろうか、夏海のほうは少しだけ息が上がって、頬も赤くなっている。

「ああ、お疲れさん。ひょっとして、俺のバナーのこと？」

「はい！　大丈夫でしたか？　ゴーレムの担当さんから、カラビナが外れてるのにクロさんが頑張って、ずっとバナーを掲げてくれてるって無線が入ったので」

夏海に続いて、坂巻も真面目な顔で頷いた。

「私も聞いたんだけど、さすがに先頭を離れられなくてね。申し訳なかった」

チーフ・パレマネまで頭を下げるので、むしろクロは恐縮してしまった。

「いいえ、全然大丈夫っすから。気にしないでください」

「そう言ってくれると助かるよ。スポンサーバナーを守ってくれて、本当に感謝していま す。ありがとう」

坂巻チーフは三十代後半の、〝紳士〟と呼ぶにふさわしいルックスの持ち主だ。彫りの深い顔立ちをしており、夏海たちと同じ野暮ったいパレマネの制服も、彼が着るとイタリアあたりのブランド品のように見える。この日も、なんの変哲もないエンジ色のネクタイが、嫌みのない大きさのタイピンでお洒落に留められていた。

「でもこれ、重かったですよね？　本当に平気ですか？　どこか痛めたりしてません？」

「大丈夫、大丈夫。いつも筋トレしてるしな」

「よかった」

「気い遣ってくれて、サンキューな」

夏海は、クロの体調をなによりも心配してくれているようだ。本当に優しい娘だ。

「それに比べてどっかの衣装係は、わけわかんねえこと言って俺のせいにするしなあ」

わざとらしくとなりを見てやると、逆に小ばかにしたような目線が返ってきた。

「カンナさん」

「な、なんだよ」

「あなたはボキャブラリーだけじゃなくて、感受性にも乏しいんですね」

「はあ⁉」

「気を遣ってくれてサンキュー、って。今どき中学生でも、もうちょっとましな、それこそ気を遣った言葉をかけるっていうのに」

「なんだよ、別に普通だろうが」

「まあ、あなたの感受性なら普通でしょうね」

小ばかにするのを通り越して、シロは呆れたような顔をしている。よく見ると坂巻まで苦笑しているが、クロ自身はまるで意味がわからない。

「い、いいんですよ、シロさん！　坂巻さんもなに、笑ってるんですか！」

と、夏海がなんだかあわてた口調で間に入ってきた。

「それよりもバナーが壊れた原因、わかったんですか？」

気を取り直すように訊かれたクロは、となりを親指で示してみせた。

「え？　ああ、それなんだけど、こいつがわけわかんねえこと言い出してさ」

「わけはわかっています。カンナさんが原因です」

「え？」

「クロ君が？」

さすがに夏海も坂巻も、きょとんとする。

ふたりを見てシロは続けた。

「坂巻さん、加瀬さん。ちょっと調べてほしいことがあるんですが、よろしいですか？」

「え？　あ、はい」

「小道具の管理は、そもそも我々の仕事だしな」

だが、原因呼ばわりされたクロだけは、若干納得がいかない。

「なんだよ？　俺が原因だってのに、坂巻さんとなっちゃんに調べてもらうのか？」

「ええ。そのほうが早いですし、確実です」

「意味がわからねえよ。ちゃんと説明しろっての」

すると夏海が、シロの説明を待たず元気にあとを引き取った。

「わかりました！　なんにせよ、バナーの不具合に関係してるんですよね？　これ以上クロさんに、じゃなかった、小道具になにかあったらパレマネとしても困りますから。あたしにできることなら、なんでも協力します！」

なぜかやる気満々になっているが、胸の前でぎゅっと拳を握っている姿は、勇ましさや力強さよりも、可愛らしさが勝ってしまっている。シロも、その姿に少しだけ微笑を浮かべていたが、すぐに気を取り直したようだ。

「ありがとうございます。では、ついでですからカンナさん本人にも、ちょっと手伝ってもらうとしますか」

「ついでってなんだ、ついでって」

「言葉どおりの意味です」

そう返しながら彼が続けたのは、予想外の指示だった。

「あなたのファンだという物好きなゲストに、つながりのある人を探してほしいんですが」

「俺のファンと、つながりのある人？」

物好きな、という失礼な台詞につっこむのも忘れて眉間にしわを寄せたのは、だが一瞬だった。

「まさか、そいつがバナーを⁉」

昨日のデイパレ前にかけられた言葉が、脳裏によみがえる。

——私の友だち、黒木田さんのファンなんです——。

＊＊＊

《ユーロ・デイ・パレード、スタート五分前です。本日も、よろしくお願いします》

二日後のデイパレ。いつものように五分前コールがかかったところで、大きな声が聞こえてきた。

「じゃ、慎太郎さん！　俺が一番ポジ入りますね！」

「ええ、いいわよ。けど、どうしたの急に？」

「いえ、なんか今日は、左側のポジションで踊ってみたい気分なんすよ」

ユニット担当の夏海もさり気なく、だが心持ち大きな声で会話に加わる。

「でもナイト役は左右の入れ替わりがほとんどないですし、ふたりとも振りが逆にならないよう、気をつけてくださいね！」

「わかってるわよ、なっちゃん」

「大丈夫だって！」

さらに彼女は、持っていた袋から新しいシューカバーを、「左側で踊ってみたい気分」と語っていた男性ダンサーに差し出した。

「はい、クロさん！」

「おう、ありがとう。またなんかあったら、いけねえもんな」

その瞬間。

十メートルほど後方で、ひとりの女性ダンサーが呆然《ぼうぜん》と立ち尽くしていた。

「どうしました、小沼《こぬま》さん？　スタート直前なのに、顔色が悪いようですが」

眼鏡をかけた衣装係に声をかけられ、彼女ははっとなった。

多くの女性ダンサーはいつも、彼の顔を喜んで見つめる。だが彼女は、目を逸らした。

不自然に。その目を、まともに見られないかのように。

イケメンで人気の衣装係は、そんな横顔に冷ややかな声を続ける。

「ナイトダンサーのポジション変更や衣装の具合が、そんなに気になるんですか？」

「い、いえ」

「まさか、ダンサーマニアのゲストに、当日のラインナップを教えているわけでもないでしょうに」

眼鏡のつるを触りながらどこまでも冷静に話を、いや、糾弾をしてくる彼の言葉を女性ダンサーは脅えた顔で聞いていた。

まるで、切れ味鋭い剣をつきつけられたかのような顔で。

彼――シロの言葉は、前方にいる騎士たちが腰に佩くそれと同じだった。


「衣装や小道具に不具合があれば、ダンサーの動きは制限されます。役によっては踊りを止めてゲストの目の前から移動しなくなったり、そうじゃなくても写真を撮りやすくなるのは言わずもがなです。そしてダンサーならば、スタート前にそれらに細工をすることも、難しくない。不具合が起きたカンナさんのシューカバーやバナーの破損部分は、いずれも事前に切られたり削られたりした痕跡がありました。彼が力技系のダンサーということを知っている人間が、その激しい動きで本番中に耐久性が限界を超えてしまうことを、ちょうど狙ったかのように」

冷ややかな口調で、シロは目の前の女性ダンサーに語り続けた。フェアリーダンサー役の彼女は背中から大きな羽が生えているので、傍目《はため》にはそのチェックをしているようにしか見えない。

「それとダンサーマニアの常連さんのなかには、なぜかお気に入りのダンサーのゲスト参加ポジションに、毎回陣取っている人もいるようですね」

シロは淡々と、だが容赦なく彼女を追い詰めていく。

「その日の役柄とポジションが、事前にわかっているかのように」

うつむいた彼女、クロと同期採用の小沼真美子《まみこ》という女性ダンサーは、ぎゅっと唇を噛みしめた。

それこそが、なによりの答えだった。

誰がどこで踊るかというパレードの出演ラインナップを、スマートフォンのメッセージアプリやメールで流し、ときには衣装や小道具に細工をしてダンサーマニアたちに便宜を図る。マニアたちからすれば、お気に入りダンサーのところでゲスト参加できるし、彼もしくは彼女の写真も撮りやすくなるので、これ以上はない情報だ。バナーの不具合が出たあの日、クロの下に届いていた見事な写真もそうした内通者、つまり彼女の協力があったからこそ撮れた一枚なのだろう。

「見返りは、高価なプレゼントでしょうか？　それとも自身がパーク以外の公演に出演する際に、チケットをまとめて買い上げてくれるとか？　ひょっとしたらそれで逆に脅迫まがいの形で、ラインナップを要求されていたのかもしれませんけど」

後半の指摘で、真美子の顔からさっと血の気が引いた。図星だったようだ。

「詳細はデイパレ後に、坂巻さんが伺うそうです。ですから、この本番は予定どおり出演してください。たった一本のパレードで、罪を償《つぐな》えるわけではありませんが」

そこまで言って、シロはふと気がついたように前方の誰かを見つめた。

「暑苦しいくらいに全力で、ね」

＊＊＊

「小沼」

パレマネたちの事務所、「マネージャーオフィス」から出てきた同期に、クロは堂々と声をかけた。

「黒木田……」

そうなんだよな、と思う。

彼女は、いや、小沼だけでなく自分と折り合いの悪い女性ダンサーたちは、決まって自分のことを名字で呼ぶのだ。「クロ」でもなく、もちろん「カンナ」でもなく。本当は、彼女たちだって仲間なのに。一緒にパレードやショーを創り上げる、チームメイトなのに。

そうした関係が当たり前のことになっていたので、シロに言われるまで思い出すこともなかった。ナイト役のあの日、自分よりも先に真美子が衣装ラックの場所にいたことも。

その翌日、ダンサールームですぐに目を逸らしたことも。

「ごめんなさい、私……」

「俺はおまえが、いや、おまえらみたいな女子が好きじゃない」

やはり目を合わせようとしない彼女に対して、ストレートにそんな言葉が出てきた。考えるより先に動いてしまうのは、どうやら体だけではないようだ。今さらながらそんな自己分析をしてしまい、頭のなかで苦笑しながらクロは続ける。

口が、気持ちが、動くままに。

「でも、おまえの踊りは好きだ」

「え？」

「おとといのデビュー前、俺たち新人向けの合同レッスンがあっただろ？　そんとき思ったんだよ。こいつ、うめえなあ、かっこいいなあって。きっとバレエもジャズもちゃんとした先生に教わって、今まで一所懸命練習してきたんだろうなって」

「あ、当たり前でしょ！　私の先生は、藤原《ふじわら》スタジオの人なんだから！」

「ああ、やっぱそうか。んじゃ、俺と流派は同じってことだな」

「？」

「俺は、トライ・ダンスワークショップの出だ」

「トライって、たしか畠中和也《はたなかかずや》さんと悦子《えっこ》さんの？」

「よく知ってるな」

クロは素直に驚いた。

自分を育ててくれた畠中和也・悦子夫妻が経営する『トライ・ダンスワークショップ』は、知る人ぞ知るという小さなダンススタジオだ。ふたりとも日本を代表するジャズダンサー、藤原佳代子《かよこ》のスタジオで彼女自身から薫陶《くんとう》を受けてきた人たちで、ダンスインストラクターとしての経歴や腕はたしかである。ただどうにも商売っ気がないらしく、大々的な広告などを出さないばかりか、今どきスタジオのホームページすら作っていない。それでも成り立っているのは、生徒たちを我が子のような近い距離感で扱ってくれる、夫妻の人柄があればこそだろう。

「そうだ。俺のふたりの師匠も、おまえの先生と同じ藤原スタジオの出身なんだ」

もう一度、クロは確認するように繰り返した。

「そ、そう」

思わぬ共通点に、真美子は戸惑っているようだ。それがわかったからといって突然友好的になれるわけでもないし、かといって必要以上につっけんどんにもなれない、といったところか。なにしろ今の彼女は情報漏えい者であり会社のルールを犯した、いわば犯罪者なのだ。

だが。

「自分を安く売るな」

唐突に、そしてストレートにクロが続けた言葉に、真美子の目が見開かれる。

「!?　それって……！」

「ああ。俺もこの言葉を、師匠たちから教わった。そして、あの人たちもそのまた師匠の、藤原佳代子さんから教わったそうだ」

　真美子も同じ言葉を授けられていることは、その表情からも明らかだった。

　――なあ、クロ。俺たちが生きていくエンターテインメントの世界は、人が人を選ぶ世界だ。そしてダンサーってのは、常に選ばれる側の人間だ。オーディションで振付師や演出家に選ばれるだけじゃない。舞台の上でも観客から、こいつは上手い、こいつは下手だって常に評価され、選ばれ続ける。ひとつの役を摑んだり、ひとりのファンを勝ち取るためにそのシビアな闘いを繰り返すわけだ。割に合わねえったらありゃしねえなあ――。

　師匠の人を食ったような笑顔が、クロのなかでよみがえる。尊敬する師、畠中和也は、だが続けてこうも言ってくれたのだ。

　――けどな。だからといって、自分を安く売るなよ。俺もえっちゃんも、おまえをそんなダンサーに育てたつもりは、脛毛《すねげ》の先ほどもねえからな――。

　相変わらず独特のたとえだったが、その目に真剣な光が浮かんでいたことも、よく覚えている。

　――そう言いながらこの人、舞台に立つときは脛毛剃《そ》ってるけどね。それはさておきさ、クロちゃん。つまり役を摑んだり、応援してくれるファンを獲得するのは簡単じゃないけど、だからといって安っぽい、簡単に言えばセコい手を使う必要はないんだよってこと。

あたしたちが育てた黒木田環和ってダンサーは、そんなことしなくても絶対に伝わるなにかを持ってるんだから――。

夫から「えっちゃん」と呼ばれたもうひとりの師匠、畠中悦子もそうしてにっこりと笑いながら、肩を叩《たた》いてくれたものだ。

――これから先、クロちゃんもたくさん悔しいことや、納得のいかないことに出合うと思う。でもそこで、自分を安く売るようなことは決してしちゃいけないよ――。

――そういうことだ。枕営業して役をもらったり、お客に必要以上に媚《こび》売ってキャーキャー言われたりするのは、そんときだけは気持ちいいだろうよ。でも結局は、まわりにばれちまうのさ。一緒にやる仲間や本物の観客から、ああ、こいつは安いダンサーだ、自分にプライドのないまがいもんだ、ってな――。

「私……」

やはり同じ言葉を、同じような愛情とともに与えられたことがあるのだろう。真美子は、クロの強い視線を受け止めきれなくなったかのように、かくんとうつむいた。

「おまえは、安いダンサーになる必要なんてねえだろ。そんなに綺麗でそんなに踊れる。なによりも、いいお師匠さんに恵まれたんだろう？」

「でも、――だけだもの」

うつむいたままの顔から、絞り出すような声が聞こえた。

「？」

「私は、それだけだもの！」

「それだけ？」

「そうよ！　あんただって今、言ったじゃない！」

キッと顔を上げた彼女の頬が、濡れている。

「ちょっとばかり綺麗で、ちょっとばかり踊れる。でも、私はそれだけなの！　そんなの女子のなかじゃ、なんの売りにもならないの！　ダンサーの女の子なんだから綺麗で当たり前でしょう!?　踊れて当然でしょう!?　逆に聞きたいわよ、どこにブスで踊りの下手なパレードダンサーがいるっていうのよ！」

「ああ、まあ」

思わず素直に認めてしまったが、たしかに正論ではあった。

「あんたはほめてくれたけど、私はここに入ってショックだった。自分より美人で自分より踊れる子が、ざらにいるんだもの。どうしてって思ったわ。スタジオじゃ、私はいつも一番だった。プリンシパルで、ヒロインで、エースだった。一緒に踊るOLさんも、ちびっ子バレエの女の子も、みんなが私に憧れてくれた。でも、ここではそうじゃない。休日にバレエの公演をするって言っても、自分でチケットを売らなきゃいけない。大きな花束が自分宛に届くことだってない。私は大勢のなかのひとり、パレードのなかの名もないダンサー、チームやユニットの一員に過ぎないの！」

「…………」

「な、なによ、その顔は？」

体や口だけでなく、今度は表情も自然と動いてしまったらしい。

「笑うとこじゃないでしょう⁉」

クロはいつの間にか、苦笑していたのだった。

ああ、そういうことか。それでこいつは、こんな過ちを。

もう一度、今度ははっきり自覚しながら苦笑いして、ぼりぼりと頭をかく。

しょうがねえな、まったく。

「小沼、おまえさ」

「なによ」

「意外に、可愛いヤツだったんだな」

「はあ⁉」

涙でアイラインのにじんだ目が、大きく見開かれた。

「い、意味わかんないこと言い出さないでよ！」

「意味、わかってるじゃねえか」

「？」

「俺の言ってることはわかんなくても、少なくともおまえはパレードの意味、パレードダンサーでいることの意味を、きちんとわかってるじゃねえか」

「どういうこと？」

「おまえ自身が今、言ったんだ。自分はパレードのなかの名もないひとり、チームやユニットの一員だって」

　半瞬ののち、真美子がはっとした顔になる。

「それじゃダメなのか？　テーマパークのパレードやショーって、そういうもんだろう？　名前があって、はっきりした個性があってキャーキャー言われるのは、あくまでもキャラクターさんだ。毛むくじゃらだったり外人さんだったりの、絵本から抜け出してきたような、あいつらだけだ。そういうスターがいて、俺たちみたいな脇役がいて、もっと言えばパレマネさんや衣装さん、メイクさんたち裏方さんもいて、チームみんなでゲストに楽しんでもらうのが、俺たちの仕事だろ」

　そうしてクロは今一度、「黙っていれば美人」と男子ロッカーで評判の同期の顔を、見つめ直した。

「小沼だって、好きだろ？　楽しいだろ？　パレード」

「う、うん」

「俺もそうだ。最初は俺がテーマパークの兄ちゃんだなんて、ってなめてたけど、今はすっかり楽しんでる。好きになってる。そうじゃなきゃ、本番でこんなに笑顔になれねえって」

「……うん」

　もう一度繰り返した真美子は、「たしかに」と、そこで観念したように肩をすくめた。

「たしかに、あんたってさ」

開き直ったような口調で、彼女は続ける。

「裏じゃダンサーっていうより運動部の学生みたいなくせに、いざ本番になるとめちゃくちゃ笑ってるもんね」

「はは。だろ？」

「ちょっと暑苦しいぐらいだけど」

「悪かったな」

気がつけば真美子の顔には、自分につられたように穏やかな微笑が浮かんでいた。整った顔立ちによく似合うその笑顔を、クロは素直に綺麗だと思った。

「それにしてもほんと、残念美人だな、おまえ」

「悪かったわね。て言うか、ほめてんのそれ？」

さっきかけられた言葉をそのまま投げ返しながら、美しい同期は困ったような表情を浮かべている。

その顔が、すぐにあらたまった。

「黒木田」

呼びかけながら彼女は長い髪ごと、小さな頭を膝につくぐらい下げた。

「本当にごめんなさい。私、どうかしてた。シロさんや坂巻さん、それとこうしてあんたにも言われて目が覚めたわ。今さら遅いかもしれないけど、取り返せないかもしれないけど、パレードに戻るチャンスをもらえたら、もう二度と安いダンサーになんてならない。

常連とのつながりも断ち切って、パレードの一員、このチームの一員としてゲストのために精いっぱい踊ってみせる。だから」

意を決したように、強い瞳がこちらを見上げている。

「あんたからも、チャンスが欲しい。私がチームの一員だっていう姿を見せる、チャンスを」

「パレードに戻るチャンスってことか？　じゃあ、おまえ」

「ええ。坂巻さんからは、始末書の提出と一週間の謹慎、そのあと一ヶ月はパレマネや衣装さんの下での雑用を命じられたの。その働きぶりを見て、ダンサーへの復帰の可否を決めるって」

「おお、そっか！　よかったじゃねえか」

「ほんとに、そう思ってくれてる？」

「なんでだよ？　当たり前だろ」

「だって私は、あんたの衣装や小道具に細工をしたんだよ？　怪我こそしなかったけど、バナーのときは実際に大変な思いをさせちゃったわけだし」

「気にしてねえよ。筋トレしてるしな」

クロは片腕で、ぐっと力こぶを作ってみせた。Tシャツの袖が、皮膚に密着して盛り上がる。

「それに言っただろ。俺も、おまえも」

濃い顔立ちがパレードルート上と同じように、にっと笑った。

「チームだって」

「うん、ありがとう！」

同じ笑顔が、同じ気持ちが、目の前の同期から初めて返ってきた。

「クロさんも、やっぱり面食いなんですね」
「!? な、なっちゃん、いたのかよ？」
足早に立ち去る真美子を見送り、自身もロッカールームへ戻ろうと角を曲がったところで、目の前に夏海がぬっと現れた。しかもなぜか、両腕を組んで険しい顔をしている。
「いました。ここで掲示物貼りながら、ず〜っと仕事してました。クロさんが真美子さんと学園ドラマみたいな会話して、目尻さげて鼻の下伸ばしてよだれたらしてる間、あたしはず〜っとここにいて、ず〜っとお仕事してました」
夏海は不機嫌そうに、いや、不機嫌そのものの顔でバシバシとかたわらの掲示板を叩いてみせた。しかも狙っているのかいないのか、叩かれている場所には、
《撮影協力のお願い：下記ダンサーは、今年度デイパレ衣装の資料撮影モデルをお願いします（撮影日時は追って個別に、パレマネからお伝えします）。ナイト／ゴーレム：黒木田環和）》
と書かれている。社内資料や、ときにはショーやパレードの広告用に、指名されたダン

サーはこうしたモデル仕事を頼まれることがある。

「お、おお、そうか。気がつかなくて悪い」

自分の名前が叩かれているのはたまたまだ、と心のなかで言い聞かせながら、クロは引きつった笑顔で答えるしかない。

「別に悪くはないですけど。そもそもここ、曲がり角だから見えないし」

「あ、まあ、そうだな、うん」

「それにクロさんは、同期の美人さんのフォローで忙しいみたいですし」

「なっちゃん、ええっと、なんか誤解してねえか？」

「なにがです？」

「フォローもなにも、むしろ俺は小沼のしたことの被害者だったわけで」

「知ってます」

夏海が頬をふくらませながら頷いたとおり、バナー故障事件のあとシロから協力を依頼されたクロ、坂巻、夏海は、同時に彼の推理を説明されたのだった。

あのデイパレ後、デッキ2の片隅でまわりに人がいないことを確認しながら、シロは三人に語った。

「嫌な話ですが、皆さんも可能性を考えているとおり、犯行はおそらく内部の人間によるものでしょう。それも衣装や小道具に比較的近づきやすい、私たちのような立場の人間です」

「つまり衣装部やパレマネ、ダンサーのなかに犯人がいるってことか」

渋い顔でそう答えるクロを見て、坂巻が「まあ、そうなってしまうだろうな」と言い、なんとそのままぺこりと頭を下げてきた。

「申し訳ない。パレマネに関しては少なくとも、私の管理不行き届きだ」

「あ、いえ、坂巻さんのせいじゃないっすよ！」

「そうです。まだパレマネさんたちの落ち度だと、決まったわけではありません」

シロの言葉を聞いて、夏海がはっとした顔になる。

「てことは、パレマネじゃなくてダンサーさんや衣装さん、ってことですか？」

「私は、そっちだと思っています。少なくとも衣装に関しては、パレマネさんはあまりかかわることはないでしょう？　カンナさんのシューカバーに細工をするにしても、それ相応の理由がなければ、触れるだけでも不自然に見えてしまいます」

「そっか、そうですよね」

「そこでカンナさん」

「な、なんだよ」

「さっきお伝えした、あなたのファンとつながりのある人間です」

「そこがわからねえんだけどよ、なんで俺のファンが急に関係してくるんだ？」

そこでシロは、「やれやれ」とぼやきながらも真美子本人に突きつけた事実、すなわちクロのファンも含めたダンサーマニアに便宜を図るための内通者が、おそらくは犯人であろうことを教えてくれた。

彼は同一のダンサー、つまりクロが立て続けに衣装と小道具の不具合に見舞われたことや、「そもそもシューカバーにせよバナーにせよ、そうそう簡単に破損するようなものじゃないですし」といった背景から、すぐにその可能性に思いいたったそうだ。

さらに、

「バナーの不具合でステイすることになったカンナさんが、いつも以上に写真を撮られたと聞いて、ほぼ確信を持ちました」

とのことだった。

そのうえで事実を突き止めるために、ダンサーマニアやクロのファンから情報を集められる、もっと言えば彼らを説得、「もしくは脅してでも」それらの出所かヒントを得られる人間が必要なのだということを、解説してくれたのだ。

「あ！　じゃあ、仙道さんなら！」

クロ本人より先に、その名前を出したのは夏海だった。

「アシスタントの仙道さんが、お友だちがクロさんのファンだって言ってましたよ！」

「ああ。俺もそれ、本人から直接聞いた。こないだのスプパレで、すげえ楽しんでくれたって」

そう答えた瞬間、夏海の頬が一瞬ふくらんだような気もしたが、それどころではなかった。

坂巻も大きく頷いている。

「なるほど。探す手間が省けたな。じゃあ、仙道君からは私が話を聞いておこう。もちろん、彼女自身が関与していないかも含めて」

「申し訳ありません、坂巻さん。嫌な役をお願いしてしまって」

「いや、むしろ私がやるべきことだ。言っただろう、パレマネの管理が仕事だって。それに私自身、今回の件は非常に残念に思っているんだ。こう見えて、私も元出演者だしね」

「え⁉」

「マジっすか⁉」

恥ずかしそうに自身の過去を口にしたチーフ・パレマネを見て、夏海、クロはもちろん、さすがのシロも目を丸くしている。

「もっとも、ダンサーじゃなくてキャラクターだったけど」

「ええっ⁉　二枚目の無駄使いじゃないですか！」

夏海が叫んだとおりである。これだけかっこいいのだから、ダンサーとして顔出し出演していれば、さぞかし人気が出たことだろう。

「あ、でもそうすると、今回の俺みたいなことが起きてたかも、ってことか」

「そうかもしれませんね。いずれにせよ、これ以上同じような事件を起こされないためにも、すぐに犯人を突き止めましょう」

顔を見合わせたクロとシロは、めずらしく素直に頷き合った。

そうして仙道明里が友人を説得してくれたこともあり、真美子の存在と彼女が情報を流していた、いわば元締め役の常連の存在が浮かび上がったのだった。もちろん、明里自身は無関係ということも含めてである。


「だからきっちり、結末っつーか、罪を認めて責任取るのを見届けようとしただけだって」

たじたじとなりながらも、なんとか説明しようとしたクロだが、夏海はますます目をむいて言い募る。

「認めて責任⁉　認知して責任取るようないやらしいことしたんですか、クロさん⁉　なんですか、それ！　あたし聞いてません！」

「違う！」

もはや意味がわからない。しかも、加害者と被害者が逆になっている気がする。

こんな台詞を人に聞かれたらそれこそ誤解されそうだ、と左右を見回したそのとき。

「やれやれ。今度はセクハラですか？」

いつの間にか、シロが歩み寄ってきていた。例によって、小ばかにしたような顔で眼鏡のつるを触っている。

「いくらボキャブラリーや感受性に乏しいからって、力任せにセクハラだなんて。それこそ犯罪じゃないですか、カンナさん」

「それも違う！」

なんなんだ、どいつもこいつも。こっちが被害者だっていうのに。

「ゲイの人たちはやっぱり寛容なんですねえ。なんでこんな人が、可愛がられているのか」

「ほっとけ」

「え⁉　そ、そうなんですか？　ていうことは、クロさんも⁉」

「お、おい、なっちゃん、そうじゃねえって。ただ単にゲイの先輩たちにいつもよくしてもらってるだけだって」

「ゲイの先輩に、よくしてもらってる⁉　そんな、あたしクロさんがストレートだと思ってたから……」

「あれ？　カンナさん、そうだったんですか？　目覚めた、というやつですね。おめでとうございます」

「違う！　断じて違う！」

というか、おめでとうございますってなんだ。意味がわからない。

わざとやっているようにしか思えない誤解を、それでも否定しようとクロがわめいていると、スピーカーからアナウンスが流れた。

《ユーロ・スプリング・パレード二本目、スタート三十分前です》

「ほらほら、スプパレがはじまりますよ、目覚めたカンナさん」

「シロ、てめえ……おぼえてやがれ」

「ク、クロさん。ちょっぴり残念ですけど、あたしはもちろん、差別とかしませんからね！　スプパレもよろしくお願いします！」

素直を通り越して能天気にすら聞こえる夏海の声に、クロがつっこむ声が響く。

「だから違うっつーの！　なっちゃんも、本番終わったら説教な！」

「え〜っ！　なんでですか⁉」

すぐそばのLルームでは、すでに色とりどりのハンガーラックが並んでいる。

ふたりから離れたクロは、「まったく」と自分の衣装へと足早に寄っていった。

「お願いしまーす！」

また、パレードがはじまる。

第二章　パレードダンサーの誤解

「あの、すみません」

「はい？」

「私のビーチガールの衣装なんですけど、ワンサイズ小さくすること、できますか？」

「あ、私もです！　ひとつ下げてください！」

昼前のパレ棟。

コスチューム倉庫の片隅で、シロこと鈴木俊郎は廊下に面したカウンターから聞こえてくる、そんなやり取りに顔を上げた。

黒木田環和が衣装や小道具に細工をされるという事件が、二ヶ月ほど前にあったばかりだ。サイズ云々は事件に発展しそうにないので大丈夫だとは思うが、どうしても敏感に反応してしまうシロだった。

「わかりました。どちらも下のサイズのストックがあるから、交換という形でもいいですか？」

「はい、大丈夫です。ありがとうございます」

「やった！　ありがとうございます！」

嬉しそうに顔を見合わせる女性ダンサーたちに、「なあに？　ダイエットでもしたの？」

と、ベテランの衣装係が横から声をかけている。

「でも、ただでさえ体を使うお仕事なんだから、ちゃんとご飯は食べなきゃダメよ」

「あ、そこはご心配なく」

「三食、しっかり食べてますから。ねー！」

「ねー！　じゃあ、次のウォーター二本目から、お願いしまーす」

「はいはい」

女性ダンサーたちが言うとおり、サマーイベントの「ウォーター」こと『ユーロ・ウォータースプラッシュ』二本目が、デイパレ後にすぐ待っている。

能天気な会話をシロは首を傾げて聞いていたが、軽く肩をすくめると、ド派手なアロハシャツをサイズ分けする作業に戻った。その二本目に備えて、今のうちに準備をできるだけ進めておきたいところだ。

＊＊＊

六月になり、暑さに加えて湿気も本格的に感じる季節になった。ユーパラでは五月までのスプリング・パレードに続いて、夏のイベントもこうして無事スタートし、相変わらず大勢のゲストが訪れてくれている。

「まあでも、一番きついのはこれからっすからね」

「そっか。クロちゃんて、三年目だっけ」

「ええ。今年もしっかり鍛えて、準備しとかねえと」

「暑熱対策と筋トレは、あんまし関係ないけどね」

かたわらに座る眼鏡の女性に苦笑されながら、クロは真剣な表情でトレーニング用のベンチに寝転がった。

クロに笑いかけた女性は、生田目《なまため》はるか。ユーパラのアスレティック・トレーナーだ。

スポーツ医学に詳しいスタッフが欲しいという、現場からの長年の要望に応える形で、昨年からパレ棟に隣接してトレーナールームが設置された。はるかはその主《あるじ》として、クロたち出演者の傷病対応やコンディション管理を、一手に引き受けてくれている。

バックヤード、つまりパークの舞台裏にはここことは別に医務室もあるが、彼女が着任して以来、故障を抱えたダンサーたちはこちらに回されることが多くなった。実際問題として本人たちも、スポーツ医学に詳しく、さらには鍼灸師《しんきゅうし》の資格も持っているはるかのほうが信頼できるらしく、評判はすこぶるいい。

また、この部屋には治療ベッドの他にトレーニング用のベンチとバーベルラック、そして少数ながらそのバーベルとダンベルなども置かれているので、開設当初は筋トレと、それ以上に〝トレーナーのお姉さん〟に興味のある男性ダンサーも、数多く訪れていたんだとか。

なぜ過去形なのかといえば、彼女の蓮《はす》っ葉《ぱ》な口調と、ある意味男性以上に〝男前〟なキャラクターに原因がある。

「ベンチプレスで挙げられなくなったら、『下心のあるヤツはそのまんま潰《つぶ》れてな』って、ほんとに十分間放置されちゃったよ」

「俺なんて、新しい鍼《はり》の実験台にされそうになった。それも、五寸釘《くぎ》みたいなやつ」

「あれじゃ、千年の恋もさめるよなあ」

といった先輩ダンサーたちの声を、クロも何度か聞いたことがある。

「真剣に自分の体に向き合ったり悩んだりしてる人には、あたしも真剣に手を借すさ。逆にそうじゃなきゃ、お断りだよ」

そう豪語する彼女にとって、熱心に筋トレするクロはダンサーとしてはさておき、少なくとも「お断り」の客ではないらしく、空いている時間を見計らってトレーナールームを訪れると、こうして快くトレーニングさせてくれる。この日もデイパレが終わってナイトパレードまで出番がない身だったので、ベンチプレスだけでも、とやって来たのだった。

「クロちゃん、あんた体重いくつだっけ？」

九十キロものバーベルでベンチプレスをしているクロを見ながら、はるかはインターバルのタイミングで聞いてきた。

「八十二っす」

「身長は？」

「百八十二っすね」

すらすらと出てきた数字を聞いて、手にしていたタブレット端末を置いた彼女が、もう一度苦笑する。

「身長マイナス百ちょうどのウエイトと、ベンチプレスで自重以上を挙げる筋力か。ほんとあんたって、ダンサーっていうよりアスリートだねえ」

「ありがとうございます」

「いや、ほめたわけじゃないんだけどさ」

呆れたように言いながら、はるかは眼鏡のブリッジを押し上げた。切れ長の目に、真っ赤なフレームのそれはよく似合っている。

ベンチに寝そべったまま、今度はクロが思い出したように訊き返した。

「はるかさんのところも、やっぱ夏になると、来る人が増えるんすか？」

「去年はそうだったね。大部分が軽い熱中症だし、増えたのももうちょい先だけど」

答えたはるかの視線が、ちらりとデスク上のデジタル時計に向けられる。

「あ、いけね」

クロはすかさず、バーベルに手をかけた。

「うんうん。わかってるじゃない。筋肥大プログラムのインターバルは、九十秒以内だからね」

「ういっす。これでラストです」

「潰れたら補助してあげるから、気兼ねなくやんなさいな」

「ありがとうございます！」

クロはふたたび、声にならない気合とともにバーベルと格闘しはじめた。


女性ダンサーがひとり、パレードスタッフにつき添われてやってきたのは、クロがベンチプレスを計五セット、ちょうどやり終えたときのことだった。

「失礼します！　はるかさん、傷病対応をお願いします！」

しっかりした、だが動揺をなんとか押さえ込んでいるような声に驚いて、クロはすぐに視線を向けた。

「あ、仙道さん。って、志帆《しほ》さんじゃないすか！　怪我したんすか⁉」

ベンチから起き上がったクロが目にしたのは、アシスタント・パレマネの仙道明里と彼女に肩を抱かれた先輩ダンサー、池田《いけだ》志帆だった。志帆は数少ない、自分とも仲よくしてくれる女性ダンサーのひとりだ。

だがこのとき、彼女の顔面は蒼白だった。

Tシャツとジャージに着替えてこそいるものの、濃いメイクもそのままで、それも汗で崩れかかっている。本番直後なのだろう。

「あ、クロ君。ごめんね……ちょっと、頭が、ぼーっと、しちゃって」

「はいはい。しゃべんないでいいから、さっさと横になって。頭がぼーっとするだけ？　吐き気や寒気はない？　ん、OK。じゃ、これは何本？」

クロとの会話をさえぎって、はるかはさっさと志帆の体をベッドに横たえ、問診をはじめた。目の前で振られる指の数もしっかり見えていることを確認すると、あらためて明里に顔を向ける。

「明里ちゃん、本番中とか終わった直後に、意識を失ってはいないわね？」

「はい。そこまでじゃないですけど、ウォーター二本目が終わったところで、ぼーっとした感じで足元もふらついてて。志帆さんご自身もすぐに申告してくれたので、お連れしました」

おそらく以前にも、こうして傷病者のつき添いをしたことがあるのだろう。名前を呼ばれた明里は、慣れた調子でしっかりと経緯を説明した。同時に思い出したように、「あ、黒木田さん。お疲れ様です！」と、こちらにもペコリとお辞儀する。彼女の友人が自分のファンということや、先日、とある事件絡みで協力してもらったこともあり、クロもこの真面目な契約社員と会話を交わすようになっていた。

「志帆ちゃん、脚はつったりしなかった？」

「はい……つりかけ、ました。なんとか、最後まで、保ちました、けど」

「だろうね。んじゃ、体温と脈拍も測らせてもらうね」

心配顔のふたりとは対照的に、はるかは落ち着いた様子で志帆を処置していく。

「ああ、やっぱちょっと脈拍速いねえ。うん、熱けいれんと熱失神のなりかけだね。ようするに、I度の熱中症。首筋と脇の下、あとは脚のつけ根をすぐ冷やして。ついでに足先も高くしとこっか。クロちゃん、そこ、邪魔だからどいて」

「え？　あ、ういっす」

　クロのベンチプレスが終わっていたことも、はるかはしっかり把握していたようだ。さっさと彼をどけて動線を確保すると、壁際にある業務用冷凍庫からアイスパックをいくつか取り出して志帆に渡す。さらに足首の下に丸めたバスタオルを挟み終えると、今度は別の場所にある小型の冷蔵庫から、ペットボトルも取り出してきた。

「経口補水液も出しとこうか。ちょっとずつ飲むんだよ」

「あ、はい」

「ちなみにそれ、スポーツドリンクだと思って飲むと、全然甘くないからね。あくまでも脱水症状の治療用だし、そもそもがぶ飲みするもんじゃないから気をつけて」

「ありがとう、ございます」

　少し落ち着いてきたらしい。そっと上体を起こした志帆は、渡されたボトルをゆっくりと口にした。

「志帆さんまで倒れるって、意外だな」

　実際にばったり倒れたわけではないそうだが、いずれにせよひと安心したクロがつぶやくと、本人より先に明里の声が返ってきた。

「そうですね。私も志帆さんにつき添ったのは、初めてです」

「初めてって、仙道さん、いつからユーパラで働いてるんすか？」

「今年で四年目になります」

「へえ。じゃあ、俺より先輩だったんだ。すんません、なんか馴《な》れ馴れしくて」

「い、いえ、とんでもないです！　きっと私のほうが年下ですし！」

「え？　そうなんすか？　俺は二十六だけど、じゃあ仙道さんて――」

「こら、簡単にレディに歳聞いてんじゃないよ、この脳みそ筋肉男」

「す、すんません。はるかさんほどじゃないだろうし、俺より下って言ってたから、つい」

「あんた、粘着力三倍のテーピングで、その口塞《ふさ》いでやろうか」

三人が能天気な会話を繰り広げている横で、志帆も少し微笑んでいる。ちなみにああは言ったが、落ち着いて見える明里以上にはるかの年齢は不詳で、クロも正確な歳は知らない。本人いわく「十七歳」だそうだが、トレーナールーム開設当初は「十八歳」だったとか。

だが、はるかが口を挟んだのは、くだらない会話に参加するためではなかったようだ。

「あんたさっき、志帆ちゃんまで、って言ったけどさ」

そう言いながら、彼女がもう一度眼鏡のブリッジを押し上げたとき、その目が光ったように見えた。

「他にも、おんなじように倒れてる子がいるってこと？　それに志帆ちゃんが来る前も、あたしんとこにも、夏は患者が増えるのかって聞いただろ？」

トレーナーという職業柄か、この人はこうしたやけに鋭いところがある。

なんか、あいつみてえだな。

同じように眼鏡をかけ、同じように冷静で観察力の鋭い衣装係の顔が頭に浮かび、クロは思わず鼻にしわを寄せてから答えた。

「はい。ぶっ倒れるってほどじゃなくても、本番終わって、なんかやたらとぐったりしてたり、座り込んじゃう女子が最近多いんすよ。まあみんな、煙草《たばこ》吸ったり酒の量が多かったりで、不摂生だからでしょうけど」

そう言ってもう一度顔をしかめてみせると、はるかは、「ふーん。夏本番には、まだ早いのにね」と形のいい顎先に、これまた形のいいほっそりした指を当ててなにかを考え込んだ。

知性的な眼鏡キャラ。

そう思ったところで、またしても彼、シロこと鈴木俊郎のすました顔が脳裏に浮かんでしまう。

「うわ。なんだよ、まったく」

つぶやいたクロの顔を、手持ち無沙汰な明里が心配そうに見つめたとき。

コンコン。

ふたたびドアがノックされ、今度は男性が顔を覗《のぞ》かせた。

「失礼します」

「うおっ!?」

クロが素《す》っ頓狂《とんきょう》な声を上げたのも、当然だった。

そこには思考が現実化したかのように、眼鏡のイケメン衣装係が立っていた。

「なんですか、カンナさん。その失礼なリアクションは」

お得意の眼鏡のつるに触れる仕草とともに、こちらを一瞥《いちべつ》したシロは志帆や明里に対しては、「お疲れ様です。大丈夫ですか？」などと丁寧に挨拶している。

「いや、だっておまえが突然――」

なんとか言い訳しようとしたとき、楽しそうなはるかの声が割って入った。

「あら、スー。久しぶりね」

「お久しぶりです、生田目さん。その呼び方はやめてくださいと、言ったはずですが」

「いいじゃないの、今さら。で、どうしたの？　デートのお誘い？」

「そういうトークも、冗談でもやめてください」

どうやらシロは、はるかがずいぶん苦手のようだ。さすがの彼も、この姉御肌《あねごはだ》なトレーナーの前ではペースが狂うということだろうか。

だが仕事の話をはじめると、そんな雰囲気はすぐに消え去った。

「七夕イベントの衣装デザインが出たので、届けに来ました」

「ああ、もうすぐだもんね。ありがと」

シロが彼女に手渡したイラストには、織姫と彦星に扮したユーロ・キング＆クイーンの姿と、笹の葉のようなステッキを持った、おつきの魔法使いらしき女性がふたり描かれている。衣装部は次のイベントの詳細がわかった時点で、いつもこうしてはるかに報告しているのだろう。衣装に合った色のテーピングや、怪我人が増える可能性などを事前に検討し、準備するために。

同時に、クロはあらためて思った。

自分たち出演者は、裏方さんのこうした入念なサポートがあるからこそ、華やかな表舞台に立てるのだ。

シロとはるかは、てきぱきと会話を進めていく。

「めずらしい色の衣装は、ないと思います」

「オッケー。まあでも、テーピングは全色用意しとくよ」

「ありがとうございます」

「期間は、今年も一週間よね？」

「はい。出演者もその四人と、あとは他のキャラクターさんです」

「やばそうな振り付けとかも、ないわよね？　グリーティング中心だっけ？」

「挨拶」を意味するグリーティングは、ゲストの手の届く距離に現れて、握手や写真撮影に応じるパフォーマンスのことだ。ユーパラでも各キャラクターが、園内各所で日に数度ずつ行っている。

はるかの視線をしっかり受け止めて、シロは頷いた。

「おそらく。演出部のほうからは、今年もその予定だと聞いていますし」

「わかったわ」

「では、よろしくお願いします」

テンポのいいやり取りをかたわらで聞きつつ、クロは別の感想も抱いていた。

「なんかふたり、すげえ息が合ってますね」

明里と、横になった志帆までも、うんうんと頷いている。

「あら、そう見える？」

「はい。なんつーか」

「女社長とできる秘書、みたいな感じでした」

明里が口にしたとおりだった。最初こそ苦手そうな素振りを見せていたシロも、はるかの質問に対して間髪入れずに的確な答えを返していたし、なによりも彼らの間の空気というか、波長のようなものがぴったりのように映ったのだ。

「嬉しいこと言ってくれるねえ」

「嬉しくありませんね」

答えた内容こそ正反対だが、リアクションのタイミングも全く同じである。

「なんだよ、シロ。おまえまさか、はるかさんと付き合って——」

クロの言葉に、ふたつの声がかぶせられる。

「そうなのよ」

「そんなわけないでしょう！」

またしても同時。そのあとにシロの、「あなたも、いい加減なことを言わないでください」というはるかに向けた台詞が続く。さすがに、そういう色っぽい関係ではないようだ。

そりゃそうか。

勝手に納得していると視界の片隅に、ほっとため息をつく表情が見えた。

志帆だ。ふたたび上体を起こして、胸元の丸いペンダントをもじもじといじっている。

そうして彼女は、遠慮がちに問いかけた。

「あの、じゃあおふたりは、恋人同士とかじゃないんですね？」

「ええ。もちろん」

はるかが余計なことを言い出す前に、といった感じで、シロが質問にかぶせるようにしっかりと否定する。

「よかった」

小さくつぶやきながら、ぱっちりした目と愛嬌のある丸顔がほころぶ。美人というタイプではないが、小動物のような愛らしいルックスと軽やかなダンスで、志帆もファンが多い人気ダンサーのひとりだ。

その姿に、はるかは苦笑しながら手元のタブレット端末を持ち上げた。

「かなり落ち着いてきたみたいだね。んじゃ、志帆ちゃんに次の処置をするから、あんたたちは出ていきな。ああ、明里ちゃんは大丈夫。そこの暑苦しいのとうさんくさいの、ほら、行った行った」

「え」

「うさんくさい……」

思わず顔を見合わせてしまったが、はるかの手元をちらっと見たシロは、すぐになにかを察したらしい。

「仕方ありませんね。カンナさん、行きましょう」と、肩をすくめながら頷いた。

「お、おう」

「生田目さんのことですから、このまま残っていたら本当に、セクハラで社内コンプライアンス室に訴えられかねません」

「セクハラ⁉」

「そうだよ。どうしても志帆ちゃんが、あんたらに恥ずかしい姿を見せたいって言うんなら、いてもいいけど」

「は、はるかさん！」

弱々しいながらも、志帆があわてて抗議の声を上げる。ちらっとシロの顔に視線を走らせる表情が、それこそ恥ずかしそうだ。それを見たクロは、やれやれと頭をかきながら立ち上がった。

「じゃあ志帆さん、お大事に」

シロも素直に頭を下げる。

「失礼します。お大事になさってください」

そうして〝暑苦しい〟ダンサーと、〝うさんくさい〟衣装係は、揃ってトレーナールームをあとにした。

トレーナールームを出たところで、シロがふと立ち止まった。

「カンナさん」

「ん？」

素直に返事をしてしまったクロの顔が、しまったという表情になる。いつの間にか、この男に名前で呼ばれることに慣れてきつつある。いかん。これはいかん。

「名前で呼ぶなって、あれほど言ってんだろうが」

「黒木田カンナさん」

「おまえ、マジで性格悪いな」

その性格の悪い衣装係は立ち止まったまま、さらに失礼なことを言い出した。

「カンナさんは、女性が好きなんですよね？」

「はあ⁉」

それはあれか。俺がゲイの先輩に可愛がられてて、しかも筋トレ好きだからっていう、ステレオタイプな偏見か。それとも重ねての嫌がらせか。

そう思って白皙《はくせき》の顔を睨んでやったが、意外にもシロの顔は真剣だった。

「ちょっと、頼みたいことがあります」

「女性大好きなあなたなら、たぶんわけもないと思うのですが」

「人を、むっつりスケベみたいに言うんじゃねえよ」

「おや、違うんですか？」

「違うに決まってんだろ！」

「では、やはりゲイ？」

「そういう意味じゃない！」

やっぱり、こいつは性格が悪い。しかも真顔のときにまで、こんなことを言ってくるから始末が悪い。

「冗談はさておき」

眼鏡のつるに触れながら、彼が言い出したのはおかしなことだった。

「あなたは、黒木田さんと仲よしですか？」

「は？」

聞き間違えたのかと思ったが、シロはもう一度その名前を繰り返す。

「黒木田さんと、お話とかはしますか？」

「はあ？」

なにを言ってるんだこいつは？

だが、名前で呼ぶなということを告げたばかりだったこともあり、すぐに気がついた。


「なんだよ？」

「あ。食堂のおばちゃんの、黒木田さんか？」

「ええ」

シロが自分のことを下の名前でしか呼ばないのは、社内に同じ黒木田姓の人間がいるからだという。本当かよ、と疑って仲のいいパレードマネージャーの加瀬夏海に訊いてみたところ、「そういえば、いらっしゃいます！　社食のパートの人に！」とのことだった。

その後クロ自身も、食事をする際にスタッフのネームプレートをよく観察してみたら、たしかに「ＫＵＲＯＫＩＤＡ」と書いてあるおばちゃんがいたのだった。

「飯食うときに顔合わせたら、挨拶とか軽い話ぐらいはするぞ」

「さすがですね。子どもと年配者にはもてる」

「やかましいわ」

シロは衣装そのものだけでなく、ダンサーひとりひとりのキャラクターについてもよく把握している。なんだか悔しいが、仕事ができるという彼の評価はこういった部分からもうかがえる。

そんな彼の「頼みたいこと」というのは、ちょっと意外な内容だった。

＊＊＊

「小沼」

「あ、クロ。お疲れ様」

デイパレが終わって、クロは同期の小沼真美子に声をかけた。二ヶ月ほど前、とある不祥事に手を染めてしまった彼女だが、その後の反省と償いを認められて、最近パレードに復帰したばかりだ。

「このあと時間あるか?」

「え? ああ、うん。あたしはデイのみだし」

パレードに復帰できたとはいえ、さすがに大規模な夏のイベントに真美子はキャスティングされていなかった。振付師や演出家からは推す声もあったそうだが、謹慎期間もあったので、そもそもリハーサルに参加できなかったのだ。だが彼女はそれで腐ることもなく、一日一本だけの出番を今まで以上に笑顔で、一所懸命務めている。

「じゃあ昼飯、一緒にどうだ?」

「え?」

「社食でよけりゃ、おごるよ」

美人ダンサーとして仲間うちでも知られるエキゾチックな顔が、ぽかんとなっている。

「クロ、あんた、あたしを口説いてんの?」

「ち、違うっつーの、ばか!」

「ふーん。女の子を食事に誘っといてばか呼ばわりするなんて、普通だったら蹴っ飛ばしてるとこだけど、ま、いいわ。あんたには借りがあるし、付き合ったげる」

いぶかしげな目でじっとこちらを見ていた真美子だが、ひとつ肩をすくめると快くOKしてくれた。助かった。

クロ自身は〝貸し〟だとは思っていないが、彼女が起こした事件で被害をこうむったのは、たしかに事実ではある。その罪滅ぼしということではないだろうが、いつしか真美子は自分のことを、あだ名で呼んでくれるようになっていた。

「でもあんた、ウォーター二本目もあるんでしょ？　大丈夫？」

「ああ。だから、俺は軽めにしとく」

「ライフセーバー役だっけ？」

「おう」

「ふふ、相変わらずマッチョ系ばっかかね」

「ほっとけ。んじゃ、シャワー浴びて着替えたら、デッキ2側の出口に集合な」

「うん、わかった」

以前より柔らかくなったと評判の笑顔に手を振りながら、クロは上機嫌でロッカールームへと戻っていった。

その日の、『ユーロ・ウォータースプラッシュ』二本目。クロは余計に疲れて、本番を終えることとなった。

原因は自分のユニット担当についていてくれた、加瀬夏海だった。

「ウォーター」こと『ユーロ・ウォーターースプラッシュ』はパレード形式ではなく、パーク内のいたるところに、やはり中世風にアレンジされた衣装のダンサーとキャラクターがゲリラ的に出演し、ゲストに水鉄砲や霧状の噴水をかけるイベントだ。

逆にゲスト側も、スタッフが手渡す水鉄砲で応戦することができるので、いわば水を利用したサバイバルゲームのような感じで大いに盛り上がる。そうして水のかけ合いが終わったところで、お約束のゲスト参加パートとなり皆で楽しく踊って終了、という流れである。

六月に入ってスタートしたばかりだが、さっそくこのイベントは好評で、雑誌やテレビの取材も連日のように入っている。現在はデイパレ前後の計二回だが、夏休み期間には午後の回をひとつ増やし、計三回開催になることもすでに決定していた。

そんななか。

クロはこの日、ちびっ子たちから水鉄砲の集中砲火を浴びる羽目になってしまった。

「はーい、みんなー！　水鉄砲はまだまだありますよー！　あ、あそこのマッチョなお兄さんを狙っちゃえ！」

椰子《やし》の木やパラソルだけでなく、なんと小さな砂浜まで作られたまさにビーチ風のエリア。そこに出没するのが、クロたち『ライフセーバー&サーファー』ユニットだったが、夏海はことあるごとにこうしてゲストの子どもたちをあおり、クロを標的にするよう仕向けてきたのだ。

「わーい！」

「待てえ！」

「そっち行ったよー！」

「あ、じゃああたしも狙っちゃおうかしら」

「ごめんなさい、お兄さん！」

気がつけば保護者らしいママさんたちまで、面白がってクロばかりを狙って激しく水を浴びせてくる。

「ちょ……おわあっ！　うおっ、目に！」

「あ、マッチョさんの足が止まったよー！　チャンスだ、それー！」

「ま、待て！　な——」

思わず、「なっちゃん」と素で呼びそうになってしまったほど、そのあおり方は巧妙だった。

俺、なっちゃんになんかしたっけ？

逆に、自分をゲイだと誤解した夏海のほうが、笑って謝ってくれたことは最近あったが。

思い当たる節のないクロは、めずらしくやや引きつり気味の笑顔で、そっとその顔を見やった。

「水鉄砲タイムは、あと一分でーす！　みんな、遠慮しないで打ちまくろう！」

大きな瞳が楽しそうに輝いているが、目が合った一瞬だけはそれが、「ふん、だ！」と拗《す》ねたような色を帯びた気がした。

「お疲れ様でしたー！」

終了後、水鉄砲や霧吹きと引き換えに大きなタオルを出演者に渡している夏海に、クロはおそるおそる声をかけた。

「あの、なっちゃん？」

だが夏海はちらりとこちらを見ただけで無視を決め込み、他の出演者に向かって愛想よく声をかけていく。わざとらしいことに、クロにはタオルも渡してくれない。

「いや、その」

「あ、お疲れ様でしたー！」

「なんつーか」

「はい、タオルどうぞ！」

「今日はやけに、攻撃的というか」

「はい、水鉄砲受け取りまーす！」

「機嫌悪そうというか――おわっ！」

やっとこっちを向いてくれたと思ったら、顔面に水が飛んできた。

「あら、ごめんなさーい。水がまだ残ってたんですねー」

「あの……わざとやってません？」

至近距離から水鉄砲を撃たれ、ついには敬語になってしまった。

「わざとじゃないですけど、すぐに本番があるのに同期の女性を、それもパレ棟内で堂々とご飯に誘うような人は、水鉄砲でお仕置きです」

「え？　み、見てたのか？」

「真美子さん、綺麗ですもんねー」

「いや、あれは事情があってだな」

「そうでしょうねー。真美子さん、借りがあるとかなんとか言ってましたもんねー。それをネタに食事に付き合わせるなんて、パワハラ？　セクハラ？　クロハラ？　あー、やだやだ」

「だから、そんなんじゃないって！」

もはや隠すこともせず、夏海は頰をふくらませている。少女っぽさの残る顔立ちなので、知らない人が見ればそうした表情も、なかなか可愛らしく見えることだろう。

だが、それどころではなかった。

「違うんだよ、なっちゃん。あれは、シロに頼まれたんだ」

「はあ!?　シロさんに頼まれて、なんでクロさんが真美子さんとデートするんですか？　なんですか、そのもてるキャラみたいな言い訳？　逆ならわかりますけど、まったく説得力ないです。『That's not convincing. Are you kidding me?』

取りつく島もない。しかも腹を立てているからか、得意の英語まで交じりはじめている。

「いや、マジなんだって！　そりゃ、俺がもてないのはたしかだけど……って、そんなことじゃなくて！」

たじたじとなって、逆に日本語までおかしくなってきたクロの背中を、誰かがポンと叩きながら通り過ぎていった。

「あ」

「痴話喧嘩か？」

この春からよく顔を合わせるようになった、衣装係のおじいさんだ。だがなぜか今日はドライバー、つまりフロート運転手のつなぎ姿をしている。

「あれ？　なんでそんな格好、してんすか？」

「ああ、今日は車両部の助っ人でね」

「？」

「私は、おーるまいてーだからな。遊軍としてどこでも手伝うのさ。大なり小なり、パークではなにかしらのアクシデントや人手不足が、どうしても起こる。そんなときに、自由に動けるじょーかーは必要だろう？」

「へえ」

そんなスタッフさんもいるのか。夏海とは正反対の怪しい英語はともかく、大ベテランぽいこの人なら、たしかにオールマイティーな仕事ができるのかもしれない。

「そんなことよりだな、クロちゃん」

つなぎ姿のおじいさんは、にやりと笑った。いつの間にかクロの名前も覚えてくれたらしい。

「なんすか？」

「軽薄な男は嫌われるぞ」

「違いますよ！」

すかさず否定したが、おじいさんはひらひらと手を振りながら、しっかりとした足取りで遠ざかっていく。それを見送った夏海の目がふたたび逆三角形になり、こちらに向けられた。

「そうですよ、クロさん。軽薄な男の人は、最低です！　I really hate player!」

「だから、なんでそうなるんだよ！　俺は軽薄じゃねえって！」

助けるどころか、火に油を注いでいったおじいさんのことを軽く恨んでいると、ようやく本物の助け舟が現れた。

「すみません、加瀬さん。カンナさんが言っていることは、残念ながら本当です」

「え？」

苦笑しながらデッキ2に現れたのは、シロである。

「クロさんが、もてないってことですか？　まあ、わかる気もしますけど」

「そこじゃねえだろ！」

思わず自分でつっこんでしまったが、シロのほうは、「ええ、そうですね」と、これまた失礼な返しをしている。

「加瀬君。気持ちはわかるけど、シロ君の言うとおりなんだよ。事情は私も聞いた」

シロに続いて、チーフ・パレマネの坂巻が笑いながら近づいてきた。

やっと話が通じる人がきてくれた、とクロは心底安堵《あんど》した。ちなみに六月から九月までは、スタッフも涼しげな開襟シャツの夏ユニフォームになるのだが、この人が着ると、やはりどこぞの紳士服カタログのように見える。今日も糊《のり》のきいたシャツに胸元のピンバッジと、同じくシルバーの腕時計がよく似合っている。

「カンナさんには、あえて女性ダンサーと食事をしてもらっているんです」

「あえて、ですか？」

「ええ。ちょっと気になることがありまして」

「あ！　またなにか事件とか⁉」

ふた月ほど前にも、こうしてデッキ2でこの四人で話をしたことを夏海は思い出したようだ。彼女が語る「事件」というのは、小沼真美子がパレードの出演ラインナップを常連ファンにリークしていたというもので、いち早くそれに気づいたシロが今日と同じように、ここで自分たちに推理を話してくれたことで無事解決したのだった。

「今回もちょっと、手を貸してほしくてね」

「カンナさんに調べてもらっていることとは別に、加瀬さんにもお願いしたいことがあるんです」

微笑みながらも真剣な目を向けてくる坂巻とシロに、夏海は意外な顔で自分を指差した。

「私に？」

その表情からは、いつの間にか可愛らしい不機嫌さは消えている。

「ああ。こればっかりは、さすがに私よりも君のほうがいいんだ」

「というか、加瀬さんこそが適任なんですよ」

「はあ」

よくわからないが、シロと坂巻が言うならそうなのだろう、と彼女は納得した様子だ。

前の事件のときもそうだったが、このふたりが、とくに坂巻が動き出したということは、事態は解決に向かっているはずだからだ。

「なっちゃんにも、また協力させんのか？」

横から聞くクロの声が自身と同じトーンだったからか、その顔が今度はわずかにほころぶ。シロの指示で、彼もよくわからないままに真美子を誘っただけだというのを、あらためて理解したらしい。

「わかりました。私にできることなら、なんでも協力します。私もおふたりを信用してますから」

そうして大きく頷いた夏海は、クロにも顔を向けた。

「それと、クロさん」

「は、はい」

なぜか敬語で返ってきたクロの返事にますます笑ってしまいつつ、夏海はしっかりと頭を下げた。

「ごめんなさい、変な誤解して。真美子さんとは、なんにもないんですよね？」

「当たり前だって。小沼どころか、俺がなっちゃんたちスタッフ以外の女の人と、そんなに仲よくないことは知ってるだろ？」

「はい！　ごめんなさい！」

嬉しそうに答える顔を見て、クロのほうはきょとんとしている。

「加瀬君のやきもちも収まったところで、あらためて詳しいことを話しておこうか」

「そうですね」

「さ、坂巻さん！　決して、そういうのじゃないですから！　シロさんも、なにさらっとスルーしてるんですか！」

あわてて両手を振る夏海と、それでもまだわかっていない顔のクロを、ふたりはトレーナールームへと連れていった。そこではるかも交えて彼らが説明したことは、なるほどたしかに、と唸《うな》らされるものだった。

＊＊＊

翌朝のダンサールーム。

「あれ？　なにこれ？」

「エナジーゼリーと、おにぎり？」

「ひとり一個、って書いてあるけど」

『ユーロ・ウォータースプラッシュ』一本目に備えて出勤してきたダンサーたちは、入り口に置かれた大きな段ボール箱を見て、口々に不思議そうな声を出した。

「おはようございまーす！　はい、これ、ひとり一個ずつ持っていってください！」

「おにぎりは、鮭とこんぶ、ツナマヨがありまーす！」

「ゼリーも、アップル味とバナナ味がありますよ！」

そうしてゼリーとおにぎりを手渡しているのは、夏海とアシスタントの明里、さらになぜか真美子まで手伝っている。

「真美子、あんたなにやってんの？」

「うん、ちょっとお手伝い。あたしはデイのみだしね。はい、バナナ味でいい？」

そう言いながら真美子が差し出すエナジーゼリーを、友人らしいダンサーはなぜか、渋々といった雰囲気で受け取った。よく見ると他にも似たような反応だったり、それどころか、頑《かたく》なに受け取らない女性ダンサーすらいるようだ。「ちょうどよかった！　寝坊して朝飯、食いそこねたんですよ」などと言いながら、喜んで手を差し出す者もいる男性陣とは正反対である。

「やっぱ、そういうことか」

「ええ。けっこう蔓延《まんえん》してしまっているようですね」

「まったく、しょうがないねえ。群れたがるのは人間の性《さが》とはいえ、みんなしてこんなアホなことしてるなんて」

その様子を見ながら、ダンサールームの片隅で顔を見合わせているのはクロとシロ、そしてはるかだった。

はるかは、呆れたように続ける。

「体使う商売のくせして、炭水化物カットしてどうすんのさ」

それが真相だった。「三食、しっかり食べてます」と言っているにもかかわらず、衣装のサイズを彼女たちが競うように下げていること。

夏本番にはまだ早いにもかかわらず、公演後に体調不良に陥る女性ダンサーが多いこと。

シロとはるかは、たがいに手にしたこれらの情報から、同じ推測にたどりついたのだという。そうしてはるかは、ちょうどトレーナールームに来ていた池田志帆に対して熱中症の処置に続いて血糖値測定を、シロのほうはクロと夏海に頼んで、女性ダンサーたちの最近の食事内容と体重変化の調査を、それぞれ実施したのだった。

「恥ずかしい姿だから、などと言って追い出されましたが、生田目さんが池田さんに対して熱中症のあとに行った処置は、血糖値測定だったんです。私とカンナさんが去り際、タブレットを持っていたでしょう？　最近は小型の測定器と専用アプリで、指先ひとつで血糖値を測ることもできるらしいですよ。いずれにせよ個人情報、それも女性のものですから人払いをするのは、当然と言えば当然ですが」

「そういうこと。それにしても、さすがスー。あたしをよく見てるねえ」

「別に、あなたを見ていたわけじゃありません」

「またまたあ。照れちゃって」

「それも断固として否定します」

そんな会話とともに、ふたりはパレ棟で起こっているであろう事態を説明してくれた。

かくして、真美子や「食堂の黒木田さん」を通じて探りを入れていたクロと同様に、夏海もその日のうちに女性ダンサーのほとんどをつかまえるか、休みの者にはわざわざ電話をかけて、そうした情報を聞き取っていった。

結果は、予想どおりだった。

ここ半月ほど、真美子たち少数を除く多くの女性ダンサーの間でいわゆる「炭水化物抜き」のダイエットと、それを勧めるフィットネスジムへ通うことが流行、いや、蔓延してしまっていたのだ。

「筋肉はもちろん脳のエネルギーだって糖質、つまり炭水化物から作られるのに、それを摂取しないなんて無謀もいいとこだよ。ガソリン入れないで無理やり車を走らせたら、そりゃいろんなところに不具合も出るってものさ」

はるかからそう教えられ、クロはなるほどと思った。自身は炭水化物、つまりパンやご飯、パスタなどは大好物で、主食として必ず食べるようにしている。

「でもたしかに糖質カットとか、炭水化物抜きのダイエットとか流行《はや》ってますよね？」

芸能人が「使用前／使用後」のような姿で、半裸で出てくるテレビ番組を思い出しながら訊くと、これもばっさりと切り捨てられた。

「そりゃ、摂取カロリーがアホみたいに少なくなるんだから、一時的にはたしかにやせるよ。でもそういうやり方は、ほぼ確実にリバウンドする。それに人間の体は、体内のエネルギー源がなくなったらタンパク質、つまり筋肉を分解してエネルギーにしちゃうんだ。無人島で食べ物がなくても、水さえあればしばらく生きていけるのは、このおかげってわけ」

「む、無人島っすか」

「そ。そりゃあ劇的にやせるけど、生きてくのに必要な筋肉まで犠牲にするんだよ？　いわば、最後の手段みたいなもんってこと」

その最後の手段を、よりによって筋肉を酷使するダンサーが進んで行ってしまっていたのだ。

「衣装のサイズは下がる代わりに、倒れるのも当然ですね」

とはシロの弁である。

はるかは、さらに教えてくれた。

「ちなみにクロちゃん、体脂肪一キロ落とすのに何キロカロリー使う必要があるか、知ってる？」

「え？　いえ。でも、千キロカロリーとかっすか？」

それを聞いて、「世のなかそんなに甘くないのよ、これが」と、はるかはにやりと笑った。

「正解は、七千二百キロカロリー」

「ええ!?」

クロ以上に驚いたのは、一緒に説明を受けていた夏海、明里、真美子だった。

「だ、だって、おにぎりひとつでたしか、百八十とか二百キロカロリーじゃありませんでしたっけ？」

ご丁寧に両手で三角形を作りながら夏海が確認すると、はるかはますます面白そうな顔をしたものである。

「そう。ついでに言うと人間がフルマラソン、四十二・一九五キロ走って消費するカロリーは、二千五百から三千キロカロリーぐらいだね」

「マジっすか!?」

女性たち三人とともに、クロも揃って大きな声を出していた。つまり、人間はマラソンを二回完走したとしても、体脂肪はたったの一キロも減らないのだという。

「それを逆に食事だけで、しかも短期間でやろうなんてアホなこと考えるから、炭水化物抜きなんて極端なやり方になっちゃうのさ。たしかにそうすれば、一時的にはやせられるかもしれない。でもさっき言ったように、それは自分で飢餓状態を作り出してるようなものなんだ。そんな健康を害するようなダイエット方法を、ましてや体を使うダンサーがするなんて言語道断だよ。今すぐ止めさせなきゃ」

　またしても「アホ」呼ばわりしつつ、眼鏡の奥で切れ長の目をきらめかせて、はるかはそう語った。その断固とした口調と表情は、まぎれもなくプロのトレーナーのものだった。

　こうした事実が発覚したため、取り急ぎの対策としてパレード出演者には本番前のブリーフィング時に補食として炭水化物、すなわちゼリーとおにぎりを一週間ほど配布することと、その間にはるか自らが講師を務め、本番やリハーサルの合間に栄養セミナーを何度か開催することが、坂巻の提案の下、会社として決定されたのだった。

《ユーロ・ウォータースプラッシュ出演の皆さん、おはようございます。間もなく本日のブリーフィングがスタートします。ダンサーの皆さんは、ダンサールームにお集まりください》

　ちょうどいいタイミングで、パレ棟内に放送が流れた。気がつけば補食を配り終えた夏海と明里、真美子、さらには坂巻も近くに来ている。

「じゃあ生田目さん、セミナー開催の告知と全員必ず一度は出席するよう、私のほうから伝えますので、そのあとにちょっとだけお願いします」

「ありがとうございます。もちろん詳しくはセミナーのときに話しますけど、きちんと炭水化物を摂取するべきだってことを、トレーナーとして伝えさせてもらいますね」

「助かります。専門家、それもみんなが信頼する生田目さんが言ってくれれば、説得力が違いますから」

「いえ。そもそもこうした事態を防げなかった時点で、私の責任という部分もありますので。トレーナーとして、もっとアンテナを張っておかなければいけませんでした。すみません」

「とんでもない。普段ダンサーたちと一番顔を合わせるのはパレマネですから、むしろ我々の失態です。いち早く気づいてくださって、本当に助かりました。ありがとうございます」

穏やかな表情で、坂巻とはるかが頭を下げ合う様子を、夏海たち他の女性陣はぽかんと見つめている。

「なんか、すごい大人の会話って感じ」

「ええ。俳優さんと女優さんみたいです」

「クロとはえらい違いだよね。ま、あたしもはるかさんの足元にも及ばないけど」

真美子の声に、「ほっとけ」と返事をしたクロは、視界に意外なものをとらえた。

「なんだ、シロ？　難しい顔して」

「そうですか？　なんでもありませんが」

イケメン衣装係はいつものポーカーフェイスで眼鏡のつるを触っているが、そのタイミングも、なんだかわざとらしいように感じられる。視線の先がはるかに向いているように見えたのは、気のせいだろうか。

「なんだ、おまえやっぱ、はるかさんのこと見て――いてえっ！」

言い終わる前に右足を夏海に、左足を真美子に踏みつけられ、クロは悲鳴を上げた。

「クロさんもあたしのこと、見てもいいんですけど？」

「クロ、あんた馬に蹴られな。なんならあたしが蹴ってやる」

さすがに暴力には訴えてこない明里まで、悪さをした子どもを見るような目を向けてくる。

「黒木田さんがこんなにデリカシーないなんて、私、お友だちになんて言えば……」

「な、なんだよ、みんなして!? 意味がわからねえんだけど」

困惑するクロに、気を取り直したシロまで追撃をかけてきた。

「私もよくわかりませんが、少なくともカンナさんにデリカシーや落ち着きが欠けているという点は大いに同意します。あなたはむしろ、炭水化物じゃなくてカルシウムが不足しているのかもしれませんね」

「余計なお世話だ！」

いつものふたりらしいやり取りに微笑みながら、坂巻がぽんと手を叩いた。

「よし！　じゃあ、ブリーフィングをはじめましょう！」

よく通るバリトンボイスでダンサールーム全体に声をかけると、はるかと一緒に部屋の前方へ歩いていく。

「今日はまず私と、そして生田目トレーナーからお話があります。皆さんのお体やコンディション作りに関する大切な話なので、ぜひ聞いてください」

男性も女性も、ダンサー全員が引き締まった表情になった。信頼するチーフ・パレマネとトレーナー揃っての伝達事項とあって、皆の目が真剣さを帯びている。これなら大丈夫だろう。

「なんとかなりそうですね」

「ああ。これ以上、仲間がぶっ倒れちゃかなわねえしな」

さっきまで憎まれ口を叩き合っていたシロとクロも、自然と頷き合った。

ユーパラの夏は、これからが本番だ。

第三章　パレードダンサーの休日

七月も後半に入った、ある日。

「おはようございます、クロさん！」

斜め後ろから聞こえた挨拶の声に、クロは振り返った。

「おう、なっちゃん。おはよう」

「ごめんなさい、待ちました？」

「いや、十分も早く着いちゃったのは、俺のほうだしな」

実際、手にしたスマートフォンの時計は午前九時ピッタリを示している。

と、今度は逆側の肩越しに、やはり女性の声がした。

「そういうときは嘘でも、自分も今来たところとか言うもんよ」

「あ、真美子さん！　おはようございます！」

「おはよ、なっちゃん」

「なんだよ小沼、おまえが一番遅いじゃねえか」

「あたしも時間どおりでしょ」

「五分前行動は基本だぞ」

「せっかくのオフ日なんだから、仕事みたいなこと言わないでよ。あたしはオンとオフを、ちゃんと切り替えてるの」

「とか言いながら、オフにもこうやって職場に来てるけどな」

「あんたもでしょうが！」

　同期らしくポンポンとやり合うふたりを見て、夏海はおかしそうに笑っている。その周囲ではたくさんのカップルや親子連れ、そして自分たちと同じような男女複数人の組み合わせが、次々にユーパラの入園ゲートへと向かっていく。

「あれ？」

　真美子との挨拶代わりの口喧嘩を終え、周囲を何気なく見ていたクロは、思わずゲート方向を二度見した。

「どうしたんですか？」

「いや、ちょっと知ってるスタッフさんがいたかも」

　小首を傾げる夏海に答えながら、もう一度そちらに目を凝らしたが、その人の姿はすでに見えなくなっていた。

「どこの部署の人？」

　真美子も訊いてきた。

「たまに話す、衣装部のじいさんがいるんだよ。いや、衣装だけじゃなくていろんな部署を手伝ってるらしいんだけど。小沼、知らねえ？　今年からパレードに来た、大ベテランて感じの人でさ」

「ああ。若々しくて、ちゃきちゃきしてるおじいさん？」

クロに気さくに声をかけてくれるあのおじいさんは、真美子たち女性ダンサーにも、同じように振る舞っているようだ。仕事ぶりもてきぱきしているし、出演者全員からさっそく信頼されているのだろう。

「じゃあきっと、その方もオフなんでしょうね。あたしたちも早く入りましょう！　夏限定のいろんなイベントもやってますし！」

元気な夏海の声とともに、クロたち三人も入園ゲートに足を向けた。

たまたま休日が重なるこの日に、三人でインパークしようということになったのは、ごく自然な流れだった。

デイパレ後に衣装を返しながら、「やべ、早くインパークしねえと」と、クロがいつかのようにつぶやくと、近くにいた夏海と真美子がすぐ反応したのだ。

「あの、クロさん、あたしもです！　お母さんと一緒に二枚は使ったんですけど、あと一枚余ってて」

「あら、なっちゃんも？　あたしも母親と弟にあげたんだけど、三枚ってどうしてもそうなるわよね」

それを聞いたクロがなんの気なしに、

「そっか。んじゃ、期限も近いしオフが合うようだったら、みんなで行くか？」

と言ってみたところ、

「はい！　ぜひ！」

「いいわね。雨が降っても行くからね。約束よ」

と、むしろふたりのほうが行く気満々で、即座に決定したというわけである。

「あたし、ウォーターをゲストとしてちゃんと見てみたかったんです」

「盛り上がってるもんね。もう三回公演になったんでしょ？」

「はい。CMも流れてて、ウォーター目当てでインパークしてくれるゲストさんも、多いみたいですよ」

「いいなあ。あたしも出たかったな」

「真美子さんなら、来年は絶対キャスティングされますよ。これだけ大好評だし、スポンサーさんからも、夏のお約束イベントにしたいって声が来てるみたいです」

「ありがと。まあ、今回はさすがにその権利はないけどね」

クロのほうをちらっと見ながら、真美子がペロリと舌を出した。彼女にしてはめずらしく愛らしい仕草だが、元の顔立ちが綺麗なのでそんな表情も絵になっている。

「振り付けさんも、ほんとは使いたかったって言ってたぞ」

苦笑しつつも、クロは彼女の視線をしっかり受け止めてそう返した。こうして真美子自身が、自分から語れるほどにあの事件を消化しているのが、なんだか嬉しい。

「ふーん。で、クロはなんて答えてくれたの？」

「〝あいつは絶賛、謹慎中です〟って言っといた」

「なによそれ。て言うか振り付けさんたちだって、それは知ってるでしょ。しかも絶賛って、意味わかんないんですけど」

またしてもいつもの調子に戻りつつあるふたりを見て、夏海がちょっぴり口をとがらせる。

「やっぱりおふたり、仲よしさんですよね。いいなあ、同期って」

「どこが！」

すかさずつっこんだが、ふたつの声はものの見事にハモっていた。しまった、という顔をしながらもクロは言葉を続けた。

「だいたい、なんだよ小沼。その芸能人みたいなグラサン」

指摘したとおり、真美子の頭にはまさに芸能人がかけるような、レンズ部分の大きなサングラスが載っている。

するとハモった時点で紅潮していた真美子の頬が、さらに赤みを帯びた。

「い、いいでしょ、別に。紫外線対策よ」

「その割には、思いっきり肩まで出してるじゃねえか」

「うっさいわね、もう」

と、夏海が「あ！」と明るい声を上げた。なにかを察したらしい。

「そっか！　常連さんとかに見られたら、誤解されちゃいますよね」

「誤解？」

クロのほうは、まだ理解していない。

「あたしは裏方だからまだアレですけど、クロさんと真美子さんは人気ダンサーだし、常連さんたちに顔が知られてますもんね。うん、たしかに」

「な、なっちゃん。別にそういうわけじゃ……」

あわてて弁解しつつも、真美子の頬は赤いままだ。無邪気というか天然というか、夏海はそれを見て笑顔のまま続けた。

「ふたりがお付き合いしてる、みたいに見られるわけにはいかないってことでしょう？」

それを聞いて、すかさずクロが反応する。

「はあ!?　俺がこんな残念美人と、付き合うわけねえじゃん」

「なっ……！　うっさい、この筋肉バカ！」

目をむいた真美子は赤い顔のまま、さっきのお返しのような台詞を続けてきた。

「それになんなのよ、そのやる気のない格好！　せっかく両手に花なのに！」

涼しげなカットソーにショートパンツという夏海、そしてサングラスこそ大きいものの、シンプルなノースリーブに細身のジーンズという真美子の格好は、それぞれよく似合っていて、たしかに「両手に花」と呼ぶにふさわしい。

それに対してクロは、

「あんた、近所のコンビニにでも行くような格好じゃない」

と真美子がつっこむとおり、分厚い胸板がよくわかるなんの変哲もないTシャツと、同じくいたって普通のハーフパンツ、さらに足元もこれまたよくあるスポーツサンダルという出で立ちである。

「ふん。おまえとなっちゃんと歩くのに、なんで今さら、めかし込まなきゃいけないんだっつーの」

その台詞に、今度は夏海がぴくりと反応した。

「クロさん」

チャームポイントの大きな目が、すっと細められる。

「な、なんだよ」

「あたしこれでも、新しいブラウスとパンツ、下ろしてきたんですけど」

「！　お、おう、そうか。いいな、その短パン。あ、でも、蚊に食われないように気をつけてな、うん。あは、は、は」

「短パンって、あんたねえ」

真美子が、今度は呆れたような声を出した。

「せっかく頑張って生足見せたのに、感想が蚊に食われないようにって。あーあ」

夏海も同じような感想をもらし、女子ふたりはそのまま顔を見合わせる。

「しょうがないわよ、なっちゃん。こいつにデリカシーを期待した、あたしらがばかだったのよ」

「そうですよねー。どうせあたしと真美子さんと出歩くのに、おめかしはいらないんですもんねー」

「デリカシーのない脳みそ筋肉男には、荷物持ちだけしてもらって、ふたりでしっかり楽しみましょ」

「はい、そうですね！　そうしましょう！」

クロはすっかり顔を引きつらせているが、彼女たちの声はますます大きくなるばかりである。

「じゃあまずはウォーター一回目、見に行きませんか？」

「うん、いいわね！　そういえば、空いてたらゲスト参加もしていいって、坂巻さんがおっしゃってくれたわ」

「ほんとですか!?　あ、じゃあ、ビーチガールのエリアがいいかなあ」

「シチズン・ゾーンね。いいチョイスかも。ライフセーバーは、どっかの脳筋男のせいで見飽きてるし」

「そうですねー。やっぱり繊細でデリカシーのあるダンサーさんのところが、いいですよねー」

「あの……俺、またなんか地雷踏みました？」

いつぞやの本番後のように、なぜか敬語になってしまいながら、クロは姉妹のようなふたりにおずおずとついていくこととなった。

＊＊＊

大好評を博している夏のスペシャルイベント、『ユーロ・ウォータースプラッシュ』が終わった頃には、夏海と真美子の機嫌もすっかり直っていた。もっとも、ゲスト参加にかこつけたふたりはおろか、存在に気づいたダンサー仲間たちからも水鉄砲の集中砲火を浴びたクロだけは、やはりいつかのようにひとりずぶ濡れになっていたが。

「天罰てきめんね」

「クロさん、女の子を怒らせちゃいけませんよ」

シャツとパンツに大きな染みを作っているクロを見て、ふたりは楽しそうに笑っている。

「おまえら、ちょっとは遠慮しろっての！」

夏海が持ってきたバスタオルで頭を拭きながら、クロは眉間にしわを寄せた。

まあ、機嫌を直してくれたならいいか、と思ったそのとき。

パシャリ！　とシャッター音が聞こえた。

「!?」

「え？」

女子ふたりにも聞こえたようだ。はっとした顔で、周囲を見回している。

「なあ、今、カメラの音がしたよな？」

「うん」

「どこからかは、わかんなかったですけど……」

三人が困惑した顔でおたがいを見た直後、二度目、いや、立て続けに複数の音が聞こえてきた。

パシャッ！　パシャッ！　パシャッ！

そのまま、画像を保存したことを表すような、明るい電子音もいくつか重なる。

「ちょっと、クロ！　これって！」

真美子が思わず、頭上のサングラスに手をかけた。

まさか、本当に？

真偽のほどは定かではないものの、クロたちはとにかくその場を離れることにして歩き出した。

逃げるように移動するさなかも、シャッター音は追い続けてきた。

パシャリ！　パシャリ！

ついには、「あ！」「いた！」といった嬉しそうな声まで聞こえてくる。

「!?　なんなのよ、これ！」

焦った表情で、真美子が頭からサングラスを外す。

「な、なんか、あたしまで撮られてる気がするんですけど！」

となりの夏海も、困惑した様子だ。

サングラスを顔にかけた真美子は、クロのほうを振り返った。

「クロ、あんたなんかやらかしたんじゃないの!?　常連さんに向かって飛び蹴りしたとか」

「するわけねえだろ！」

早歩きから小走り、ついには完全な駆け足になった三人は、まるでパーク内をジョギングするかのような勢いで、逆側のエリアまでやって来てしまった。

ユーパラのパーク内は、王様や貴族といったキャラがよく現れる「パレス・ゾーン」を中心に、庶民の街並みを再現した「シチズン・ゾーン」や、魔女や妖精が現れる森を模した「マジカル・ゾーン」など、計五つのエリアに区分けされている。

額に汗を浮かべながら、三人はなんとかその「マジカル・ゾーン」までたどりついた。

三方を木に囲まれたベンチがあったので、いったんそこで立ち止まる。ここなら、どこかから写真を撮られることもないだろう。

「これで、ちょっとは、落ち着ける、かも」

「そうね。なんか、パレードより、疲れちゃった」

夏海の言葉に応えつつ、真美子もサングラスを頭の上に戻すが、ふたりともかなり息が上がっている。

それに対して、クロは呼吸こそ落ち着いているものの、汗の量が倍以上だった。

「ていうかふたりとも、当たり前って顔でバッグを渡すなっての！」

　自分のデイパックに加え、左右の手に彼女たちの荷物を持ったクロは、完全に日曜日のお父さん状態、つまり誰がどう見ても単なる荷物持ちと化している。

「いいじゃない、あたしたち自身をリフトするわけでもないんだから」

「ごめんなさい、クロさん。でも、助かりました」

　そんな返事を受けつつ、クロが「ほら」と荷物を返したところで、左手の木陰から大きな声がした。

「あ！」

　今度はなんなんだ、とビクリと振り返った三人の前に現れたのは、だがよく知っている顔だった。

「仙道さん！」

「あれ？　仙道さんもインパーク？」

　目を丸くする夏海と真美子に、「はい！」と笑顔で駆け寄ってきたのはアシスタント・パレマネの仙道明里である。真美子の質問のとおり、彼女も夏らしいデザインのTシャツにサブリナパンツという私服姿をしている。

「お友だちとインパークしてたんですけど、彼女、別のダンサーさんの写真も撮りたいからって、ルネサンス・ゾーンに行っちゃったんです。私はそこまで元気じゃないから、日陰の多いここで待っていたんです」

「ああ、その友だちって、ひょっとして」

思い出した表情のクロに、明里は笑顔で答えた。

「はい。前に言ってた、黒木田さんのファンの子です。まさかここにいれば本人に会えたなんて、彼女、絶対残念がりますね。美人ダンサーの小沼さんとか、可愛いパレマネさんで知られてる、夏海さんまで一緒だなんて」

「え？　あたしも？」

「はい。常連さんの間では、ダンサーになればいいのにって言われたりもしてるそうですよ」

「や、やだ、もう！　仙道さんったら！」

顔を赤くしながらも、まんざらでもなさそうな夏海を見て、「相変わらず、女子高生リアクションだな」とクロはぼそりとつぶいたが、入園前にも見せられたジト目ですかさず睨まれてしまった。

「なんか言いましたか、クロさん」

「い、いや、なんでもない。うん、たしかにダンサーでもいけそうだな。は、は、は」

「めちゃくちゃ棒読みなんですけど」

「そんなことねえって！」

あわてて頭を振るクロを見て、明里はふたたび、「あ、そうだ！」と彼女にしては大きな声を出した。

そうして取り出したスマートフォンを、なんとクロの顔のほうへと向けてくる。

「!?」

「いた！　やったあ！　あ、黒木田さん、このまま何枚か、お写真も撮らせてください！」

「へ？」

「動かないでくださいね」

「は、はい？」

「いきますよ。はい、チーズ！」

エンターテイナーの悲しい性だろうか。カメラを向けられたクロは、パレードルート上で見せるのと同じ満面の笑顔になっていた。

「いいですね！　さすがです！　そうだ、小沼さんも夏海さんも寄ってください！　三人でもう一枚！　はい、チーズ！」

文字どおり〝両手に花〟の状態になっているが、よく見ると真美子と夏海まで、仕事中のような笑顔をちゃっかり作っている。職業病、おそるべしだ。

すると。

「あら、いい笑顔ね。そうだ、あたしも一枚撮っとこうかな」

別の女性の声とともに、ふたたびシャッター音が聞こえてきた。

「鼻の下が若干、伸びているような気もしますがね」

続いて、落ち着いた男性の声。

近づいてきたのは、またしても知り合いだった。しかも今度は、ファッション雑誌から抜け出してきたようなカップルだ。

「シロ⁉」

クロの目が、丸くなった。

「はるかさん！」

「おふたりまで、インパークですか？」

夏海と真美子も、驚いた顔になっている。

明里の向こう側から歩いてくるのは、やはり私服姿の「シロ」こと鈴木俊郎と、同じく眼鏡のトレーナー、生田目はるかだった。周囲の他のゲストから、「モデルさん？」「芸能人？」といった声がちらほら聞こえてくる。

「シロ、おまえ」

「や、やっぱりおふたりは」

驚いたままのクロと夏海の声を受けて、はるかがしれっと答える。

「うん。今日はね、ふたりでデート――」

「違います。会社命令で、視察です」

かぶせ気味に否定したシロが、やれやれといった表情で理由を告げた。

「この炎天下ですし、エンターテイナーの皆さんのコンディションは本当に大丈夫か、衣装も夏向けにもっと改善できる部分はないかなど、ゲスト目線で本番をチェックするよう言われたんです」

「とかなんとか言って、どうせならカップルっぽくふたりで行っていいですか、ってあたしが坂巻さんに聞いたとき、否定しなかったくせに。素直じゃないんだから、スーったら」

「あの場で露骨に、嫌ですとか言えるわけないでしょう。しかもそういう設定を、確信犯で提案しないでください」

「照れちゃって、もう。ほんとは嬉しいんでしょ？」

「…………」

つまり、実際はシロの言うとおりのようだ。とはいえ、ふたりそろって軽そうな麻の服を着こなしている姿は、モデル同士のデートと勘違いされてもおかしくない見た目である。

「皆さんは、普通にインパークですか？　ダンサーやパレマネさんにも同じような指示が出ているとは、聞いていませんが」

コホン、とわざとらしい咳払いで気を取り直したシロが聞いてきた。

「そうなんだけどさ」

そうしてクロは最初は三人でインパークしたこと、その後、常連らしきお客さんのカメラに追われる羽目になって、たまたまここで明里と合流したことなどを説明した。

「あ。ひょっとして、なっちゃんもいたからか」

説明しながらクロは、夏海のほうにも視線を向けた。さっきの明里の言葉を思い出し、写真を撮られる心当たりがさらに増したからだ。「そうね。可愛いパレマネさんてことで、顔を知られてるみたいだし」と、真美子も渋い顔で頷いている。

ダンサー同士、もしくはダンサーとパレマネが交際していて、それを示すかのように友人も連れてプライベートでインパーク。しかも可能性のある女子ふたりは、どちらもチャーミングな人気者。

「やれやれ。常連さんの喜びそうなネタだよな、まったく」

しかし、ため息をついたクロに目の前のイケメン衣装係は、予想外のリアクションをしてきた。

「カンナさん」

「ん?」

「意外に、自意識過剰だったんですね」

「はあ!?」

「まったく。なんですか、その芸能人みたいな勝手な警戒の仕方は」

自身こそ芸能人ばりのルックスのくせに、シロはしれっとそんな台詞まで投げてくる。

「そもそも、そんなことしたら立派な盗撮でしょう」

「いや、だって実際、やたらと写真を撮られたんだぞ」

クロは必死に反論したが、手前からの視線に気づいて言葉を切った。

怪訝《けげん》な顔のまま、そちらに問いかける。

「?　仙道さん、なんで笑ってるんすか?」

「ご、ごめんなさい!　そういうつもりじゃ!」

「そういうつもり」がどういうつもりかはわからないが、たしかに明里の顔には苦笑が浮かんでいる。こうした状況なのに、真面目な彼女らしくない。

「あの、黒木田さん。たぶん、それって」

それでもおずおずと明里がなにかを説明しようとすると、そのとなりから、ぬっと一枚のタブレットが突き出された。

「ばっかじゃないの、クロちゃん。あんたが撮られる理由は、これよ」

「？」

はるかが向けたスクリーンには、先ほど撮ったはずのクロたち三人の姿が映し出されているはずだった。が――。

「なんだ、こりゃ？」

「あ！　これって！」

「ああ、そっか！」

ほぼ同時に言葉を発したなかで、夏海と真美子はすぐに納得したようだ。揃ってポンと手を叩いたあと、「やだ、恥ずかしい」「早とちりしちゃったわね」と、顔を見合わせて笑っている。

「あの、なんなんすか、こいつ？」

ポカンとしながらクロが指差したそこには、自分も、そして夏海と真美子も写っていない。代わりにこちらを向いているのは、岩山のような景色のなかで二本足でちょこんと立ち上がっている、猫のような小動物だった。

「私のにも、ちゃんと写ってますよ。ブラック・ミーアちゃん」

明里も、自分のスマートフォンを差し出してくる。こちらにも同じ小動物が、別の愛らしい表情で写っていた。

シロが頷いた。

「ガジェフレですね。しかもレアキャラの、ブラック・ミーアキャットですか」

『ガジェット・フレンズ』。携帯やタブレットのGPS機能とAR（拡張現実）機能を利用することで、特定の場所にカメラを向けるとそこに愛らしい動物のキャラクターが現れるという、子どもばかりか大人たちまで夢中になっている大ヒットアプリである。

もちろん、この手のアプリで懸念される盗撮の危険性についても対策が取られており、動物たちが現れるのは基本的に人の頭より高い場所や地面、水面がほとんどだ。そしてスクリーンショットも含めた全ての撮影後は、その動物以外は砂漠やジャングル、大海原など彼らが生息する雰囲気の背景へと、自動的に切り替わる仕様にもなっている。

「はい！　ブラック・ミーアキャットは滅多に出ないんですけど、今日はちょっと高い場所によく現れるって、公式インフォメーションもされています」

嬉しそうに答える明里に、シロも言葉を続ける。

「夏休み期間はユーパラもタイアップして、レアキャラが出現しやすいスポットになっているんでしたっけ」

「はい。ガジェフレたちもパークに遊びに来てるっていう設定で、夏休みのスペシャルイベントになってるんです」

はるかと夏海、真美子の他の女性陣もいつの間にか笑顔で盛り上がっている。

「そういえば、これ作った会社、うちの新しいスポンサーになってたわね」

「『ガジェット・フレンズ』、あたしもたまにやってますよ。全然レアキャラは捕まえられてないですけど」

「夢中になると、スマホのバッテリーがすぐなくなっちゃうのよね」

ただひとり怪訝な顔をしていたクロも、その名前だけはさすがに知っていた。

「ガジェフレって、今流行ってるアレか？」

だが幸か不幸か、あまり興味がなかった彼自身は、アプリのダウンロードすらしていない。

「スペシャルイベント期間中は、ユーパラ内で特定の条件を満たす場所に、レアキャラが出やすいんだってさ。でもって今日の十時半から十四時は、〝いつもは夜行性のガジェフレたちも、久しぶりに昼から起き出してきます。少し日陰になる、二メートルぐらいの高さの場所に注目！〟だそうよ」

運営会社のホームページを、はるかが面白そうに読み上げた。

「つまりカンナさんの頭の上ぐらいが、今現在、ブラック・ミーアキャットの格好の出現場所になっているというわけですね」

　そう言いながら、シロまで同じ表情でスマートフォンを掲げる。

　言われてみれば百八十二センチのクロの頭上は、ちょうどいい高さである。しかも今いる場所もそうだが、炎天下ということもあって最初にシャッター音を聞いた場所、そして夏海と真美子とともに走ってきたルートと、たしかに日陰ばかりを選んで今日は行動していた。

「そういうことだったのか」

　ようやく理解したクロも、少々赤面しながら頭をかくしかない。だから明里も、わざわざ「お写真も撮らせてください」と、言ってきたのだ。

「よほどのマニアックなファンか身内でもない限り、カンナさんの写真なんて撮るわけないでしょう」

　小ばかにしたような口調で続けながら、シロはさりげなくシャッターを切っている。

「お、おい、こら、やめろ！」

　実際には自分を撮影しているわけではないとわかっているものの、思わずクロは顔の前に手をかざしてしまった。

　それを見て女性陣まで、からかうようにレンズを向けてきた。

「あら、可愛いわね。ああ、クロちゃんのことじゃないから」

　と、はるか。

「あたし、ブラック・ミーアキャットって初めて見ました！」

素直な台詞ではあるが、夏海の笑顔もなんだかいたずらっぽい。

「でも画面の下に見切れてる、でっかい頭が邪魔よねえ」

真美子にいたっては、聞こえるようにそんなことを口にしている。

ついには明里まで、「ごめんなさい、黒木田さん」と困ったように笑いつつも、

「あ、ちょうどミーアちゃんが、こっち向いてる！」

と、嬉々《きき》として自分のスマートフォンをかざしだした。

「ちょ……みんな、やめろって！　そうだ！　小沼、サングラス貸してくれ！」

動揺しまくっているクロは、なにかがひらめいたような顔になると、真美子に頼みごとをした。

「え？　いいけど」

一瞬、不思議そうな顔になった真美子だったが、リクエストに答えてすんなりと頭上のサングラスを差し出す。

すると。

「サンキュ！」

あわててそれをかけたクロはなぜか、「これでどうだ！」とばかりに、ドヤ顔で胸まで反らしたのだった。だが、そもそもみんなのカメラは彼の頭上に向けられているので、逆に間抜けなことこのうえない。

「カンナさん、さすがはエンターテイナーですね。笑いの勘どころを心得ている」

シロがめずらしく、純粋に楽しそうな声を上げた。

「え？　なんでだ？　俺、なんか変か？」

まるで似合わないサングラス姿で、だが堂々と仁王立ちし続けるその姿に、クロ以外の全員から大きな笑い声が起こる。

楽しい仲間たちと、あふれる笑顔。

ユーパラらしい光景を、真夏の太陽が明るく照らしていた。

第四章　パレードダンサーの秘密

スマートフォンの画面に、また吹き出しが表示された。

《いいなあ、明里は》

《なにが？》

何気ないひとことだったが、仙道明里もすぐに返事を打ち込んだ。メッセージアプリでの他愛ないチャットだが、親友との会話はやはり楽しい。

《毎日ユーパラに行けて》

《なに言ってんの、自分だってしょっちゅうきてるくせに。それにあたしは仕事だもん》

《でも毎日、ナポレオン君とかジャンヌさんとかに会えるじゃん》

《毎日ってわけじゃないよ。あたしはふたりのユニット担当することはないし》

親友が名前を挙げたのは、ユーパラの人気キャラクターたちである。コンセプト上、パーク内にはナポレオンやジャンヌ・ダルクなど、中世ヨーロッパの実在の有名人を、可愛らしくデフォルメしたキャラクターたちが多数存在し、パレードやショーへの出演、さらにはグリーティングによるゲストサービスを、日に何度も行っている。

《うらやましいのは、キャラさんに会えるからだけじゃないでしょ》

続けて送ったメッセージに、素直な答えが返ってきた。

《う、バレたか》
思わず笑ってしまった明里の脳裏にも、親友の「推しダンン」、すなわち一押しダンサーである黒木田環和の姿が浮かんでいる。
《そうそう、マッチョさん、ハロウィンは狼男なんだね！　今回も本物みたいだった！》
同時に、毛むくじゃらのボディスーツを身につけた、「マッチョさん」の写真が送られてきた。相変わらずよく似合っている。
《ほんと、すぐ見つけるのね》
《マッチョファン一号ですから。夏休みは会えなくて残念だったけど、デビューのときからずーっと応援してるもん》
当然ではあるが、明里にもユーパラのスタッフとしてさまざまな守秘義務が課せられている。出演者の個人情報などはその最たるもので、たとえ親友であっても彼らの本名や役柄などを教えるわけにはいかない。彼女のほうもそれを理解しているので、黒木田のことは「マッチョさん」と、見たままのニックネームで呼んでいるのだった。
《最近はラインナップがもれてるなんてこと、ないよね？》
嫌な質問だとは思ったが、明里は念のため確認しておいた。数ヶ月前、内部からパレードの出演ラインナップが漏洩《ろうえい》される、という事件があったからだ。
《もちろん！　だから安心して。それにあの元締めみたいな人、あれで出禁《できん》になったみたいだし》

《うん、そうだったね》

手に入れた出演ラインナップを、自慢げに周囲にもばらまいていたその常連ゲストは、内部の協力者に対する要求の仕方が、ときには脅迫めいていたらしい。それを踏まえての厳しい処置だろう。明里もある程度詳細を知っているだけに、納得できる話だった。

《それにあたしは、もともと足で稼ぐタイプですから》

新聞記者のようなことを言っているが、たしかにこの親友は新しいイベントがはじまるたびに、必ず二回はインパークしてくれる。一回目でお気に入りキャラクターのユニットやダンサーの役柄を確認し、二回目以降でいい位置を確保して、写真を撮ったりゲスト参加を楽しんだりしているそうだ。年に八回入園すれば元が取れる、「年パス」こと年間フリーパスを持っているからこそだが、いずれにせよ健全な（？）常連と言える。

《いろんな人がいるから、何回見ても楽しいでしょ？》

《うん！　マッチョさん以外も、いっぱい写真撮ってるよ。また一緒にインパしようね》

《そうだね。あたしもショーやパレードをもっと見て、勉強しなきゃ》

《ふたりでマッチョさんのところで、ゲスト参加できるといいね！》

その返事に、ふたたび笑ってしまった。明日あたり、思わず黒木田本人に対して「マッチョさん」と呼んでしまいそうだ。

無骨で真面目な、アスリートみたいなダンサーさん。

春の事件以来、よく話すようになった彼の顔を明里はもう一度、そっと思い浮かべた。

＊＊＊

デッキ2に帰ってきたクロの背後から、かかしが声をかけてきた。新人ダンサーの、冴《さえ》木《き》馨《かおる》だ。

「クロさん、お疲れ様でした！　このあとご飯、一緒にいいですか？」

「おう、馨か。お疲れさん。別にいいよ」

「あ。今日のデイパレ、どっちですか？」

「ナイトだけど？」

「えっと……」

二時間後のクロの役を聞いて冴木は一瞬、ためらうような表情になった。

「昼ご飯とそのあとで筋トレのこと、また教えてもらいたいなと思って」

「ああ、この前みたいに？」

「はい。でもナイトって、かなり動きますよね。お昼休み、ゆっくりしなくて大丈夫ですか？」

「全然大丈夫。はるかさんのとこで、昼休みに筋トレする日だってあるくらいだよ」

「よかった！　じゃあ、よろしくお願いします！」

にっこり笑った彼は、「シャワー浴びたら、こっち側の出口で待ってます！」と言いながら、先にロッカールームへと戻っていった。

あいつこそ、はまり役だよなあ。

嬉しそうな足取りを見送りながら、クロは苦笑した。「スケアクロウ」と呼ばれる、ハロウィンのかかしならではのオーバーオールと麦わら帽子も相まって、その姿はまるで少年アニメの主人公だ。

冴木はそのルックスから、「弟にしたいです！」といったファンレターも数多く届く、新人一の人気ダンサーである。彼はなぜか最近クロになついており、こうして食事に誘ってきたり、筋トレのレクチャーを頼んでくることもしばしばだ。

ただ、はたから見ればクロのほうが誘っているように見えるらしく、

「黒木田も、あっち系になったのかしら」

「もともと筋トレ好きだったしね」

「そうよね。ゲイの人たちとも仲いいし」

などと、女性ダンサーの間では口さがない噂も広まっているらしい。もっとも、女子たちの多くと折り合いのよくないクロ自身は、「くだらねえ」のひとことで気にもしていない。

そんなクロの体は今、手にはめた大きな爪と、毛むくじゃらのボディスーツで覆われている。

「黒木田さんの狼男、本物みたいってお友だちが喜んでましたよ」

昨日、アシスタント・パレマネの仙道明里も、そう言ってスマートフォンに送られてき

たという写真を見せてくれた。本物に会ったことがあるのかとは、もはやクロもつっこまない。

九月後半。

ユーパラでは、秋のイベント『ユーロ・ハッピー・ハロウィンパレード』が、デイパレの前後に開催されている。今回もクロは無事キャスティングされているが、持ち役はこの狼男だけである。もっとも、このイベントはほとんどのダンサーが一人一役で、真夏のうちから開催されるリハーサルも、去年より少なくて助かった。自分たちの負担を考慮してくれたのか、ただ単に人件費を削減するためかはわからないが。

「あら、クロちゃん。今日も馨君とご飯？」

大きな鎌を持った死神役のダンサーが、笑顔で振り返った。昭二だ。この人も役に、ぴったりはまっている。

「ええ、なんかあいつ、筋トレが好きみたいで」

「へえ。意外ねえ。あんなに可愛いのに」

「マッチョなアイドル系でも、目指してんですかね」

そんな会話を交わしつつLルームに寄って爪を外し、クロは自身もロッカールームへと急いだ。冴木に伝えたとおり体力的な問題こそないが、やはり早めに食事ができるに越したことはない。

「クロさん、さっき言ってたプッシュアップの効かせ方、見てもらっていいですか？」

「おう。やってみな」

クロの声に応えて冴木はプッシュアップ、すなわち腕立て伏せを何度か繰り返してみせた。

「こう、ですか？」

「そうだな、もう一回、いや、五、六回やってみてくれ」

「はい！」

一緒に社員食堂で昼食を取ったあと、クロは約束どおり冴木に筋トレのコツを、「Sルーム」でレクチャーしていた。リハーサルや自主練習、さらには小道具の置き場所などに使われるリハーサルルームはパレ棟内にふたつあるが、大きいほうのLルームはしょっちゅう誰かが練習したり仮眠を取っていたりするし、そうでなくとも片隅で裏方が、衣装や道具の手入れを毎日のように行っている。

そんなわけで今回ふたりは、二階にあるひとまわり小さい「Sルーム」へとやって来たのだ。

「どうだ？　胸に効いてる感じ、あるか？」

「うーん、なんかいつも、二の腕が先に疲れちゃうんですよ」

「二の腕か。手幅は問題ない感じだけどな。あれじゃないか？　肩甲骨の寄せが、甘いとか」

「肩甲骨の寄せ？」

「ああ。肩甲骨をしっかり寄せて胸を張った姿勢をとらないと、大胸筋の可動域を目いっぱい使えねえだろ？　そうなると小さい筋肉の上腕三頭筋、ほら、ここの二の腕のやつな。これとかが、先に疲れちゃうんだよ。ちょっともう何回か、やってみ」

「はい」

そうして上下しはじめた華奢《きゃしゃ》な体を見ながらクロは、なんとはなしに口にした。

「でもおまえ、入ったときと比べたら胸板、ついてきたんじゃねえか？」

「ほんとですか？」

「おう。ちょっとだけど」

「やった！　僕、もっと胸に筋肉つけたいんです！」

「この調子で筋トレしていけば、大丈夫だと思うぞ。はるかさんのとこで、ベンチプレスもやってんだろ？」

「はい。はるかさんにもお世話になってます」

「あの人が筋トレさせてくれるってことは、ちゃんと取り組んでるってことだよ」

「ありがとうございます！」

冴木は嬉しそうに、さらに腕立て伏せを繰り返した。

ふたりだけの貸切状態だと思っていたSルームに、人が現れたのはその直後だった。

「失礼します」

そう言いながら、開け放してある扉を律儀にノックして入ってきたのは、眼鏡の衣装係である。

「お、シロ」

「ああ、カンナさん。と、冴木さん、でしたね」

「はい！　お疲れ様です！」

ダンサーの間でも有名な〝眼鏡のイケメン衣装さん〟が、自分の名前も覚えてくれていたことで、冴木は舞い上がっている。尻尾があれば、大きく振り回していることだろう。

「あ！　それ、クリスマスの衣装ですか？」

シロが手にしている真っ赤なブーツを見て、その目がさらに輝いた。

「ええ。イメージや動きやすさを確認するための、サンプルですけどね」

にこやかに答えながらシロは、「カンナさん」と、クロにそれを掲げてみせた。

「なんだ？」

「履いてみてもらえますか？」

「それを、俺が？」

「ええ」

承諾の声を聞くよりも早く、シロはさっさとブーツを並べて、脇のファスナー部分を開いている。だが。

「でもこれって、サンタのブーツじゃねえの？」

「そうですね」

「それを、俺が？」

「そうですね」

「そうですねって、おまえ……」

同じ質問をクロは繰り返してしまったが、やはり同じ答えが、それも堂々と返ってきた。

正直、意味がわからない。

怪訝な顔になったところで、冴木がふたたび明るい声を出した。

「クロさん、クリスマスはサンタ役ですか⁉　うわー、いいなあ！」

「いや、それはないだろ」

クロ自身が否定したとおり、クリスマスイベントのメインキャラクター、サンタクロースは毎年、大柄な外国人俳優が何名か交代で演じている。他の季節には王様や老紳士といった役を演じる、それこそ〝はまり役〟のキャラクター担当者たちだ。

「そうですね」

またしても同じ台詞を口にしながら、シロは続ける。

「キャスティング発表はまだ先ですが、さすがにこんなサンタはありえません。あくまでもサンプルチェックとして、無駄に背の高い人に一度履いてもらおうかと」

「相変わらず、いちいち気に障る言い方しやがって」

不本意ながらすっかり慣れてしまった毒舌にぼやきつつ、クロは素直に協力することにした。

目の前に置かれたブーツに、足を入れてみる。さすがはシロ、サイズもぴったりだ。

「へえ。こんな感じなのか」

「どうですか？」

「足入れ感は、悪くねえな。ちょっと動いてもいいか？」

「もちろん」

許可を得たクロはその場で足踏みやスキップ、さらには踏み込んだ足にもう片方の足を添えるステップタッチなど、実際にサンタ役が踊ってもおかしくない程度の基本動作を、いくつかやってみた。それを見た冴木が、笑顔で手を叩く。

「わ！　クロさん、なんか超似合ってます！」

「足だけですが、やはり無駄に大きいだけのことはありますね」

「やかましいわ」

鏡越しにシロにつっこんでから、ひと息ついて感想を口にする。

「たぶん、今俺がやった程度のステップなら問題はないと思う。ただ、やっぱ重てえな。これ以上の激しい動き、たとえばジャンプやグラン・バットマン……つっても、わかんねえか。ええっと」

「いえ、わかります。脚を大きく振り上げる動作ですね」

「ああ。そうした動きは、何回もやるのはちょっときついと思う」

「なるほど。ありがとうございます」

それらのコメントを、シロは手元のバインダーに細かく書きつけている。性格はともかく仕事ができるやつ、というのはクロもよくわかっているが、そのうえ基本的なダンサー用語をも理解できるらしい。

「シロさんって、ほんとにすごいんですね」

「なにがです?」

「なんか、できる男って感じです。かっこいいなあ」

「それはどうも」

素直にほめることをしないクロに代わって、冴木が感嘆の声を上げると、シロも軽く微笑んで頭を下げた。

「……て言うか、否定とか謙遜とかしねえのかよ」

「カンナさん」

「な、なんだ?」

ぼそっとつっこんだ台詞が聞かれていたのかと思い、クロは一瞬あわてた。

「ブーツの他に、サンタ服と帽子のサンプルもコスチューム倉庫にあるんですが」

「お、おう」

「どうせ暇でしょうから、そっちも身に着けて感想を聞かせてもらえますか?」

「おまえ、その性格マジで直したほうがいいぞ」

とはいえ、シロの言うとおりではある。冴木への筋トレ指導も、一段落ついたところだ。

「わかった。デイパレのブリーフィングまでには、終わるんだろ？」

「もちろんです。では、行きましょうか」

そうしてブーツを脱いだクロは、冴木のほうを振り返った。

「悪い、馨。教えるの、あんなもんでよかったか？」

「はい、もちろんです！　ありがとうございました！」

「おまえはこのあと、どうする？」

「僕はこのまま、ちょっと練習していきます。ハロウィンでやってるジャンプターンが、どうもビシッと決まらないんですよ。リハでもよく注意されてたし」

「そっか。かかしは、飛んだり跳ねたりが多いもんな」

「そうなんです。あ、でも狼男もかっこいいですよ」

「そりゃどうも」

苦笑しながらクロは、シロと同じ台詞を返しておいた。

冴木はああ言ってくれたが、例によって自分の役は、歌舞伎役者ばりに見得を切るような振り付けばかりのうえ、今回はコウモリ役の女性ダンサーを何度もリフトするというおまけまでついている。本番中も「かっこいい」という言葉より、「すごーい！」という感想や、果てはメイクを見て「きゃー！　こわい！」といった声を浴びせられることが多いくらいだ。

「でもクロさんて、本気で跳べばすごく高いジャンプできるんですよね？　ナイトがリハしてるとき、ちらっと見ました。僕もあれぐらい跳べればなあ」

そう言って冴木はSルームの鏡に向かって、さっそくジャンプしながらの回転を繰り返している。

「なんだよ、全然できてるじゃねえか」

「う～ん、でもやっぱり、高さとかキレが足りない感じがするんです。クロさんみたいな」

「そうか？　じゃ、やっぱ筋トレしなきゃだな。はは」

「はい！」

もう一度、嬉しそうに笑った後輩は、ぺこりと頭を下げてクロたちを見送った。


「カンナさん」

「ん？」

Lルームと隣接しているコスチューム倉庫は、一階にある。階段を下りる途中で、シロが立ち止まった。

「せっかくですし、あのジャンプもあなたが教えてあげたらどうですか？」

「え？」

「筋トレを教えてるんだったら、どうせついででしょう。それに冴木さん本人も、あなたの筋肉ジャンプにはなぜか憧れていたようですし」

「なんでだよ。俺の振り付けにはあのジャンプターンはねえし、そもそもあいつ、ちゃんと跳べてたじゃねえか。おまえも見ただろ？」

と言うか、「筋肉ジャンプ」ってなんだ。

鼻にしわを寄せながら答えると、シロはわざとらしくため息をついた。

「やれやれ」

「なんだよ」

「脳みそが筋肉だとは思っていましたが、筋肉どころかスポンジですね。脳筋ならぬ、脳スポとは」

「はあ!?」

慣れてきたつもりだったが、やはり腹が立つ。どうしてこいつは、いつもいつも、いちいちこう――。

だがシロは言いたいことだけ言うと、ふたたび階段を下りはじめている。

「やれやれです」

もう一度つぶやいた彼は、肩をすくめながら眼鏡のつるをかけ直した。

冴木がほめてくれたとおり、ジャンプはクロの得意技のひとつである。そのためだけに筋トレをしているわけではないが、鍛え上げた脚力で長身が豪快に空を舞うさまは、ゲストから歓声を浴びることも多い。

この日のデイパレも、大きく脚を広げる得意の開脚ジャンプで何度も喝采を浴び、充実した気分で終えることができた。

「クロさん、今日も跳んでましたね！」

「おう、なっちゃん。でも調子に乗りすぎて、ちょっと疲れたよ」

「たしかに、なんかいつもより回数多かったですよね」

「ちびっ子も多かったしな。サービスしといたんだ。ははは」

シャワーを浴びたあと、ユニット担当だった加瀬夏海と話しながらLルームでストレッチをしていると、「あ、クロさん、夏海さん！」と、またしても冴木が寄ってきた。

「おう、馨」

「あ、馨さん」

夏海は二年目なので、新人の冴木に対しては一年先輩のはずだが、「さん」づけで呼んでいる。スタッフと出演者という関係もあるのだろう。

「すみません、クロさん」

冴木は目の前まで来ると、唐突に頭を下げた。

「え？」

「どうしたんですか？」

首を傾げるふたりに、彼は細い眉をハの字にしながら続ける。

「クロさん、今、疲れたって言ってましたよね？　僕が昼休みに、筋トレに付き合わせちゃったからかな、って」

　粗相をしてしまった子犬のような顔に、クロは思わず笑ってしまった。

「いつもより、ちょっと跳びすぎたってだけだよ。それに、筋トレに付き合ったって言っても、俺はやり方を教えただけじゃねえか。心配しすぎだ」

「ほんとですか？」

「当たり前だ。そこまでやわじゃねえって」

「よかった」

　となりで聞いていた夏海の顔も、ほころんでいる。

「馨さん、すっかりクロさんのお弟子さんていう感じですね」

「ありがとうございます！」

　なにがありがとうなのか、いまいちよくわからなかったが、くるりと表情を変えて喜ぶ後輩の姿にクロも、もう一度笑う。

「あ、そうだ！　じゃあ、疲れてないかもしれないですけど」

　すっかり安心した様子の冴木は、ぽんと手を叩くと袈裟懸《けさが》けにしていた小型のバッグから、ふたつの缶を取り出した。なにかのドリンクのようだ。

「よかったらこれ、飲んでください。はい、夏海さんも」

「なんだ、これ？」

「『ブルーギル』？」

二五〇ミリリットルサイズの缶の表には、魚のイラストが、鮮やかな水色のロゴから飛び出すように描かれている。ブルーギルとは、この北アメリカ原産の淡水魚のことだ。

「エナジードリンクか？」

最近はこの手の、疲労回復や集中力アップをうたうドリンクが増えている。冴木が手渡してくれたこれも、どうやら同じ類いのもののようだ。

「はい。知り合いの会社が、今度販売しようとしてる商品のサンプルなんです。本来はアスリートさん向けで、プロ野球とかJリーグのチームに配って、モニターしてもらってるとかで。疲労回復にいいらしいですよ」

「へえ。ああ、アルギニンとカフェインか。たしかに」

アスリート、という言葉に反応したクロは、すぐに成分表示を確認した。アルギニンというのは疲労回復に効果があるとされるアミノ酸で、カフェインは言わずもがな、覚醒作用のある成分だ。どちらも、エナジードリンクに含まれる成分としては定番である。

「クロさんはサプリメントとかも詳しいから、今さらって感じでしょうけど」

「いや、たしかにプロテインはよく飲むけど、そこまで詳しくないって。この手のやつも、全然ためしたことねえし。ほんとにもらっていいのか？」

「はい、もちろんです」

「サンキュ。んじゃ、遠慮なく」

そう言って、さっそくプルトップを開けようとしたところで、夏海があわてて止めに入った。

「クロさん！　リハルームは飲食禁止です！」

「いけね、そうだった。じゃあなっちゃん、外で一緒に飲まねえ？」

「え？　はい！」

思わぬ誘いに夏海は一瞬だけきょとんとなったが、すぐに顔を輝かせると、「馨さん、ありがとうございます！　あっちで飲んできますね！」と、むしろクロをうながすようにして歩きはじめた。

「ありがとな、馨」

クロも笑顔で片手を上げて、あとを追う。まさかいきなり飲むとは思っていなかったのか、一瞬だけ冴木は複雑な表情を見せたが、すぐに笑いながら手を振ってふたりを見送ってくれた。

クロと夏海はLルームから、パレードのゴール地点であるデッキ2へとつながる大扉を通って、外へ出た。

「ここなら、大丈夫だろ？」

「はい。自販機もあるくらいですから」

そのままフロートや出演者の通路となっている、広いアスファルト横のベンチに並んで腰かける。

「お、なかなかうまいな、これ」

「そうですね。炭酸のブルーハワイって感じです」

さっそく『ブルーギル』を口にしたふたりは、満足そうに頷いた。

「クロさんは、プロテインはよく飲むんですよね？」

「ん？　ああ、筋トレしてるしな」

「なに味が好きなんですか？」

「え？」

「プロテインって、いろんな味があるんでしょう？　しかも意外においしいって、聞いたことがあって」

「なんだ、なっちゃんも筋トレすんのか？」

「いいえ、そこまでじゃないですけど、飲んだらスタイルよくなったりしないかなあ、なんて」

「はは、飲むだけでスタイルがよくなるサプリメントなんてねえって。それに、やっぱり大事なのは普段の食事なんだよ。プロテインとかの〝サプリメント〟ってのは、日本語にすれば〝補うもの〟っていう意味だからな。前にはるかさんが言ってたんだけど、その手の目的のためには、きちんと食事でカロリーコントロールしつつ、運動を継続するのが、結局は一番の近道なんだってさ」

「そっか、そうですよね」

「あ、悪い。なっちゃん、英語ペラペラだからサプリメントの意味もわかってるよな」

釈迦《しゃか》に説法だった、と苦笑を浮かべたクロは、そうして体ごと夏海のほうへ向き直った。

「つーかさ」

「な、なんですか？」

驚いた夏海の顔が赤くなった。無遠慮かつ不思議そうに、クロが全身を見つめている。

「あの……クロさん？」

「なっちゃんさ」

「は、はい？」

おそらくはなにも考えていないのだろうが、続けて発せられたひとことに、少女のようなパレマネの心拍数はますます跳ね上がった。

「別に、スタイル悪くねえじゃん」

「そそそ、そんなことないです！　胸はBしかないし、ウエストは丸太みたいだし、お尻は胸より三センチも大きいし、下着だって思いっきり補正機能つきなんだから、あたしのスタイルがいいわけありません！　変なこと言い出さないでください！　What are you talking about!　Are you serious?」

「ええっと……」

茹でだこのように赤くなって聞いてもいないことをまくしたてる夏海に、クロが逆に固まってしまっていると、社員食堂のほうからダンサーが三人歩いてきた。いずれも生物学的には♂に分類されるが、口調は♀の人たちだ。

「あら、クロちゃん」

「お疲れ様」

「なーに？　なっちゃんとデート？」

昭二、慎太郎、横田の、クロがもっとも世話になっているゲイトリオの先輩たちである。

「あ、お疲れ様です。いえ、デートとかじゃなくてですね」

冷静さを取り戻したクロは、手にした缶を見せようとして、三人の手にも同じものがあることに気がついた。「デート」という単語にぴくんと反応していた夏海も、クロの視線を追って、「あ！」と声を上げる。

「それ、『ブルーギル』ですよね？」

「昭二さんたちも、馨からもらったんすか？」

「ええ」

「これ、おいしいわよね」

「未発売って言ってたけど、出たらたぶん買っちゃうわ」

三人は頷き合いながら、すでに飲み干したらしい『ブルーギル』の缶を、にこにこと掲げている。

「なんか、疲労回復に効果があるのよね？」

「そうそう。あと、シャキッとするって馨君、言ってたわよ」

「あらやだ、じゃあ夜もシャキッとしちゃうのかしら。いや〜ん」

夜にベッドで使うものかなにかと勘違いしている気もするが、なんにせよ『ブルーギル』はダンサーたちの間でおおむね好評のようだ。

「じゃあクロちゃん。そういうわけで、頑張ってね」

「は？」

意味深な表情の慎太郎に肩を叩かれ、クロはきょとんとした。

「なっちゃんもね。クロちゃん、激しいでしょう？」

「はい？」

今度は横田が、夏海の肩を叩いている。

この時点でふたりは嫌な予感がしたが、時すでに遅しだった。

「一緒にシャキッとして、夜も頑張るのよ！　あ、でも避妊はちゃんとすること！　なっちゃんに抜けられちゃったら、困るもの」

リーダー格の昭二がにっこりと、しかも大きな声で口にしたひとことに、真っ赤になった男女の声が揃って発せられた。

「なんかいろいろ、間違ってますから！」

そんなできごとがあったあとのハロウィンパレード二本目、クロは絶好調だった。

見得を切る場面ではピタリとポーズが決まって何度も歓声を浴びたし、女性ダンサーをリフトする場面も、このパレードがはじまって以来一番と言っていいくらい、楽々とこなすことができた。

「ずいぶんと、ご機嫌ですね？」

にこにこしたまま衣装を返しにいくと、シロが怪訝そうに声をかけてきた。この回は随伴していなかったようだ。

「おう。なんか調子よくてさ。コウモリの女子、ふたりまとめてリフトしてやったぐらいだ」

「振り付けでは、一対一なのでは？」

「そうなんだよ。終わったあと、なっちゃんにも軽く怒られた。やりすぎだって。はっはっは」

パレード前、ゲイトリオの先輩たちのせいで、クロと夏海の間にはぎこちない空気が生まれたが、似た者同士と言うべきか、そろって大好きな本番を終えたあとはすっかり元の空気に戻っていた。

それもあってか、クロは上機嫌のまましゃべり続けている。

「やっぱ日頃の行いがいいと、仕事も調子よくなるんだな。シロも心がけたほうがいいぞ」

「大きなお世話です」

酔っ払い親父を相手にするような顔で返ってきた台詞に、だがクロは、「あ、そうか！」と、またしても元気な声を出した。

「馨がくれた、アレのおかげかもしれねえな」

「冴木さんの、アレ？」

「ああ。あいつが配ってるエナジードリンクがあってさ」

と、クロが嬉々として『ブルーギル』について説明し終えたとき。

「ちょっとクロ、馨君に色目使わないでよね」

不機嫌そうな声が、割って入った。セクシーな魔女の衣装を身に着けた、同期の小沼真美子だ。この秋からイベントにも無事復帰し、ハロウィンパレードにもしっかりとキャスティングされている。

「なんで彼、あんたみたいな脳筋男と仲よくしてんのかしら。それともなに？　あんた、ほんとにあっち系に目覚めちゃったの？」

「はあ!?　んなわけねえだろ。なんだよ、せっかく人がいい気分で本番終えたってのに」

「なんにせよ馨君は、あたしたち女子にとっても可愛い弟分なんだからね。暑苦しい部活キャラにしないでちょうだい」

暑苦しい部活キャラ、と言われてクロはむっとした。シロといい彼女といい、どうして自分のまわりは、ルックス詐欺の同僚ばかりなのだ。

「やかましいわ。魔女のくせに胸パッド三枚も重ねてるほうが、よっぽど暑苦しく見えるぞ」

「なっ!?　なんですってえ！」

真美子が手にしているパッドがちょうど目についたので、すかさず言い返してやった。魔女のくせに、というのは関係ないかもしれないが、まあいい。こういうときは勢いが大事なのだ。

「このセクハラ筋肉男！　どうせならあのとき、バナーが股間に当たるようにしてやればよかったわ！　ゲイになれば、あんたもちょっとは優しくなるでしょうに！」

真美子も真美子で、美しい顔に似合わずとんでもないことを言っている。もはや子どもの喧嘩である。

「すみませんがふたりとも、不毛な争いはそのへんで終わりにしていただけますか。まだ最後のユニットも帰ってきていませんので。ちなみにカンナさんが脳みそ筋肉なことも、小沼さんのパッドが三枚なことも衣装部は把握していますから、そこはご安心を」

「…………」

「…………」

呆れたようなシロの声に、ふたりはなんとも複雑な顔で沈黙させられてしまったが、先に真美子が、「あ」となにかを思い出したように声を出した。

「ねえ、クロ」

「なんだよ」

まだ続ける気か、とクロは眉間にしわを寄せたが、すぐにその表情を緩めた。唇に人差し指を当てた彼女の顔が、素直で険のないものだったからだ。

「今言ってたけどさ、あんたも馨君のドリンク、ええっとブルーバードだっけ、あれ飲んでんの？」

「『ブルーギル』な。飲んでるっていうか、さっき初めてもらった。なんでだ？」

「女子ロッカーでも、持ってる子が結構いたのよ」

「へえ。女子にも広まってんのか」

「そうみたい。まあ、あれが目的なのか馨君と仲よくなりたいのか、怪しい子も多いけどね」

「ふーん。あいつ、やっぱもてるんだな。じゃ、おまえもか？」

「なんでよ！　あたしは一本だけもらって、やめたわ。あんまり好みの味じゃなかったし。それに――」

「それに、なんだ？」

「あたしは、その、別に好きな相手がちゃんといるの！　言ったでしょ、馨君は弟キャラとして愛《め》でてるだけだって」

真美子があわてて視線を逸らす前に、一瞬だけ自分を見たような気もしたが、クロはさして気にもとめなかった。そのかたわらでは、ふたりに早く去るよううながしていたシロが、なにかを考えるような顔になっている。

と、Lルーム全体に大きな声が響いた。

「失礼します！　道、開けてください！」

「傷病者、通ります！」

三人が振り返ると、デッキ2につながる大扉から夏海と明里が、険しい表情で入ってくるところだった。見ると彼女たちの間で、両肩を支えられたダンサーが、左脚一本で危なっかしくケンケンしている。

「あっ！」

「馨！」

真美子とクロが同時に声を発した。シロも言葉こそ発しなかったものの、さすがに目を丸くする。

「あ……クロさん、真美子さん、シロさん」

噂をすれば、というわけではないが傷病者は冴木だった。かかしのメイクをした童顔に、本番直後だからではない、明らかに脂汗と言っていい水滴がにじんでいる。かなり痛そうだ。

「脚ですか？」

クロ、真美子とともに駆け寄ったシロが冷静な声で問いかけると、夏海がすかさず答えた。

「ええ。デッキ2に入る直前のジャンプで、膝を」

「私も見てたんですけど、結構大きく捻っちゃった感じでした」

明里も心配そうに補足する。冴木本人は、「すみません……」と懸命に笑顔を作ろうとしているが、その声はか細く痛々しい限りだ。

「なっちゃん、仙道さん。俺が運ぶよ」

そう言ったときにはもう、クロは一歩前に進み出ていた。

「え？」

「黒木田さん？」

「はるかさんのとこに連れてくんだろ？　トレーナールームはすぐとなりだけど、ケンケンしてこのまま行くのは、かなりつらいはずだ」

「だ、大丈夫ですよ、クロさん」

「どう見ても大丈夫じゃないだろ。こういうときぐらい、先輩に甘えとけ」

必死に強がる後輩に、クロはむしろ強い視線を向けた。

「俺たちは、チームだろ」

「そうね。クロが運んであげたほうが早いと、あたしも思う。他にも手伝えることがあったら言って」

真美子もとなりで、優しく頷いている。自分たちはチーム、という言葉を数ヶ月前に自身もかけられたことを、思い出しているのかもしれない。

「わかりました！　じゃあ、あたし先に、はるかさんのところに行ってますね！」

そう言ってトレーナールームに向かいかけた夏海は、「あ、仙道さん！」と、すぐに振り返った。

視線を受けた明里が、すぐに答える。

「はい！　オフィスには、私から詳しい状況報告をしておきます！」

今ではすっかり仲よしのふたりは、このあたりの呼吸もぴったりだ。夏海を見送った明里が、あらためてクロに礼を述べた。

「すみません黒木田さん、よろしくお願いします」

「全然いいっすよ。じゃあ馨、こっちに」

「はい」

真正面から向き合う形で、冴木の両手がクロの肩に預け直される。

「このまんま、お姫様抱っこでいいか？」

「⁉　い、嫌です！」

顔を赤くして、冴木は首をぶんぶんと振った。さすがに恥ずかしいのだろう。明里も困ったようにフォローする。

「黒木田さん、あの、おんぶのほうがいいかと……」

「はは、そうか。じゃ、おんぶだな。ほれ」

「はい。すいません、クロさん」

冴木はまだ少し恥ずかしそうな顔をしていたが、クロがさっさとしゃがみ込んで背中を向けたので、観念したように身を預けた。

「し、失礼します」

「おう。って、なんだよ馨、おまえずいぶん軽いなあ」

その言葉どおり、余裕しゃくしゃくの表情とともにクロは、「んじゃ、急ぐぞ。痛かったら言ってくれ」と歩き出した。もう一度、「お願いします」と告げた明里のほうは、事務所であるマネージャーオフィスへと足を向ける。

そのときだった。

「仙道さん」

シロが、彼女を呼び止めた。

「はい？」

突然声をかけられた本人はもちろん、その場に残っていた真美子も不思議そうな顔をしている。

「ちょっと、お聞きしたいことがあるのですが」

そう告げてから、シロは真美子に対しても視線を向けた。

「それと、小沼さん」

「え？　あたしも？」

「ええ。すみませんが、小沼さんにはお願いがあります」

「お願い？」

「はい。と言っても、難しいことではないと思いますけど」

「はあ」

そうして眼鏡のつるを触った彼は、妙な頼みごとをしたのだった。

「ゴミ探しを、していただけますか」

＊＊＊

「お、来たわね」

クロによって文字どおり担ぎ込まれてきた冴木を見て、生田目はるかは、あっけらかんとした第一声を発した。先に到着していた夏海から、詳細は聞いているようだ。そのままさっと立ち上がって、かたわらのベッドを手で示す。

「じゃ、馨君。とりあえずここに座って」

「はい」

「クロちゃん、そっと下ろすんだよ。怪我人を粗末に扱ったら、一番熱いお灸《きゅう》据えてやるんだから」

「わ、わかってますって」

姉御肌な性格のうえ、鍼灸師の資格を持っているので、このトレーナーなら本当にやりかねない。なかば本気でうろたえつつ、クロは冴木を優しくベッドに下ろしてやった。

「すみませんクロさん、ご迷惑かけちゃって……」

「そんなこと、気にすんなって。それにはるかさんに任しときゃ、あとは安心だ」

クロから信頼の目を向けられたはるかは、「ずいぶん評価されてるねえ」と苦笑しつつ、

「膝、曲げられる？　うん、そうしたら脚をベッドの上に。そうそう」

と、さっそく痛めた箇所のチェックに入っている。

「これは痛い？　この動きは？」

そう言いながら、彼の右膝にいくつかの動きを加えると、一分も立たないうちに診断をくだしてみせた。

「ん。明らかな前十字靭帯《ぜんじゅうじじんたい》の損傷だね。ドクターにはメールしとくから、病院であらためてMRI撮ってもらって。で、たぶんオペ」

言うが早いか、愛用のタブレット端末をさっそく取り上げている。言葉どおり、提携先の整形外科に連絡してくれるらしい。

「オペって、手術ですか⁉」

本人よりも先に夏海がぎょっとした声を出したが、はるかはやはり冷静なままで、さっさとメールを終えるとなんでもないことのように説明した。

「うん。心配かもしんないけど、アスリートやダンサーにはよくある怪我だし、治療技術やリハビリも確立されてるから大丈夫。しっかりリハビリすれば早くて八ヶ月ぐらい、長くても一年以内には復帰できるかな。あ、馨君も休業補償が出る保険、入ってるわよね？」

「はい」

はるかの問いかけに、冴木はすぐに頷いた。出演者たちは個人事業主として契約してい

る形なので、もしものためにそうした保険に加入することを勧められている。

そうしたことよりも、やはりリハビリの長さのほうに冴木はショックを受けた様子だ。

「八ヶ月から一年、ですか」

「今はショックかもしれないけどさ、こう考えてごらん」

呆然としている彼の膝に手早く氷をあてがいながら、はるかは優しく言った。

「〝ピンチはチャンス〟って」

「ピンチはチャンス？」

「そう。怪我をしたときは、ただ単に治して復帰するんじゃない。怪我をする前よりも強くなって、いいパフォーマンスができるようになって、進化した自分で復帰するの。それが本当のアスレティック・リハビリテーション。つまりスポーツ用のリハビリ。そしてそれをサポートするのがあたしたち、アスレティック・トレーナーってわけ」

「今よりも強く……」

「そりゃそうさ。人より半年以上も、トレーニングに専念できるんだからね。ましてや、あんたの場合、右脚以外はいたって健康なんだから」

「は、はい！」

いつもと変わらない、そしてポジティブなその声に、冴木も多少なりとも気持ちを切り替えることができたようだ。

「じゃあ、筋トレも引き続きやっていいんですね？」

「もちろん。右脚はリハビリ優先だけどね」

「よかった」

にっこりとクロのほうを見たのは、教わった腕立て伏せを続けられるという、ほっとした気持ちもあるのだろう。それを知ってか知らずか、はるかは苦笑しながら注意した。

「て言うかあんた、上半身も大事だけど、ちゃんと下半身のトレーニングしなさいな。左脚はなんでもないいんだし」

「あ、はい」

「ここでも、ベンチプレスばっかりやってたじゃない」

「すみません。胸板が欲しくて」

「クロさんみたいですね」

恥ずかしそうに頭をかく冴木の姿に、夏海も笑っている。

「ま、気持ちはわからないでもないけどさ」

そう言ってはるかが微笑んだのと、トレーナールームの扉がノックされたのは同時だった。

「失礼します」

扉を開けたのはシロだった。後ろには、明里と真美子も従っている。

「あら、スーまで。どうしたの？」

「ちょっと確認したいことが、ありまして」

真剣な顔のシロは、頷きながらはるかのほうに寄っていく。

その手には、小さな円筒形のものが握られていた。

「あれ？　おまえも飲んだのか、それ？」

クロと、そして夏海が意外そうに彼の手を見つめる。

そこにあるのは、『ブルーギル』の缶だった。

部屋の主が、なにかを感じたらしい。真っ赤なフレームに囲まれたレンズの向こうで、切れ長の目がすっと細められた。

「スー。ちょっとそれ、見せて」

「はい。そのためにお持ちしました。さいわい小沼さんがパレ棟内のゴミ箱から、潰されていない缶を見つけてくれたので」

「そう。ありがと、真美子ちゃん」

「いえ」

声をかけられた真美子と、そのとなりの明里も神妙な顔をしている。ここに来るまでに、シロからなにか説明を受けているのかもしれない。

「困ったね」

シロから缶を受け取ったはるかは、はっきりとそう言った。いつも飄々《ひょうひょう》としている彼女には似つかわしくない、硬い声だ。

多くの仲間たちから信頼を寄せられるアスレティック・トレーナーは、その声のまま続けた。

「こ、こんなもんが、パ、パレ棟に、あ、あるなんて、」

「え？」

ぽかんと問い返したのは、夏海である。となりのクロも、同じように目と口を丸くしている。

そんな彼らの表情を見て、はるかはすぐにいつもの調子を取り戻した。

「ああ、ごめんごめん。言い方が悪かったね」

そうして彼女が続けた説明は、ふたたびクロたちが、「えっ!?」と声を発するに十分なものだった。

「この『ブルーギル』ってやつ、うちじゃ絶対に売るなって、あたしが営業に断ったばっかりなのよ」

「どういうことっすか？」

眉間にしわを寄せてたずねるクロに、はるかはさらに詳しく説明した。

「知ってのとおり、うちのバックヤードではいろんなドリンクが売られてるわよね。自販機だけでも数十はあるし、本社ビルのコンビニや社食に行けば、冷蔵庫からも普通に買える」

「はい」

答えたクロも、そうした場所でドリンクをよく買っている。

ユーパラのバックヤードはパークと同じかそれ以上の広さがあり、あまりの広大さに、「秘密の地下通路がある」などという都市伝説まで存在しているらしい。さすがにそれはないものの、バックヤード内の移動専用に循環バスが運行されていて、関係者は約五分おきに現れるそれに乗りながら、各部署の本拠地や社員食堂、いくつもある倉庫、そして運営会社『コスモポリタン・ヴォヤージュ』の、六階建て本社ビルなどを行き来している。

社員食堂こそパレ棟から歩いて行ける距離にあるが、少し離れた本社ビルには、はるかの言うとおりコンビニや、さらには銀行のATMなども設置されているため、クロたち出演者もそちらに足を運ぶことは多い。

「で、当然ながら食品会社やドリンク会社がよく営業に来るんだけどさ、新規の会社が売り込むものについては、あたしも一応チェックさせてもらってるの」

「へえ」

この人の仕事はそんなところにまで及んでいたのか、とクロは素直に感心するしかなかった。

「それって、つまり――」

クロの言葉を、夏海が引き取る。

「私たちもそうだけど、とくに出演者の皆さんがおかしなものを口に入れないよう、気をつけてくれてるんですね」

「ま、そういうこと。と言ってもメーカーだって、そうそう変なものは売り出さないけどね」

　答えながら、はるかは軽く微笑んだ。

「それでもはるかさんが、これを売らせなかったってことは……」

　はっと気づいた様子の夏海に、はるかはもう一度、厳しい顔に戻って頷いた。

「うん。残念ながら、この『ブルーギル』は、成分的にお勧めできないってこと」

「マジで⁉　なんかやばいんすか、それ？」

　クロも驚くしかない。ほんの一時間ほど前に、自分と彼女はまさに飲んでしまったばかりだ。

「やばいって言えば、やばいかな」

　肩をすくめたはるかは、そのまま『ブルーギル』の缶をくるりと回して、成分表の部分をふたりに見えるようにした。

「問題は、こいつ」

　彼女が指し示した箇所には、《カフェイン：180mg》と記されている。

「カフェインが、なんかやばいんすか？」

「カフェイン自体は問題ないよ。ただね」

「あ！　ひょっとして、量とか？」

「そのとおり。さすがなっちゃん、筋トレばっかりしてる誰かさんと違って、賢いねえ」

「………………」

憮然《ぶぜん》とする〝誰かさん〟を見て笑いながら、はるかは続ける。

「知ってのとおり、カフェインは覚醒作用や興奮作用がある成分だけど、他に鎮痛作用なんかもあるから総合感冒薬、つまり風邪薬なんかにも使われてるんだよ。だから適量を守って使う分には、もちろんno problem」

流暢な発音で、笑顔のまま夏海とも目を合わせる。聞くところによると、カナダに留学してトレーナー修行をしてきたとかで、この人も英語、さらにはフランス語まで堪能なんだとか。

「その代わり、と言っちゃなんだけど」

「中毒症状ですね」

冷静に、今度はシロが指摘した。

「そ。スーの言うとおり、カフェインには中毒作用もあるんだ。それも急性と慢性、両方のね。一日一グラムの摂取でめまいや吐き気、筋肉痛といった急性カフェイン中毒が出るとも言われていて、あたしがいたカナダでは保険省が日に四百ミリグラム、妊婦さんは三百ミリグラムまでって、基準を設けてるぐらいだよ」

「日に四百ミリグラムってことは……『ブルーギル』二本ちょいで、すぐ上限てことか」

「そう考えると、かなり多いですね。私、毎朝コーヒー飲むからたぶん、もう半分は超えてます」

思わず顔を見合わせるクロと夏海に、はるかはふたたび大きく頷いた。

「そういうこと。それに、なっちゃんもそうかもしれないけど、カフェインには常習性や依存性があるんだ。深刻な症状とかデータはないから診断名にはなってないけど、世間一般で知られているカフェイン中毒ってのは、大体これだね」

「でも、だったら俺もそうっすよ。ほぼ毎日、三食のいずれかでコーヒー飲んでます」

「深刻な症状はないし、診断名でもないって言ったでしょ。たぶん普通に生活してるかなりの人が、カフェインの常習性は感じてるはずだよ。あたしだってコーヒーや紅茶はよく飲むし。でも――」

はるかはふたりを安心させるように言いつつ、眼鏡のブリッジにそっと手をやってから視線を動かした。

すぐそばにある、ベッドへ。

そこで顔を伏せている、少年のような新人ダンサーへ。

「これだけ高濃度のカフェインが入ってるものを、ましてやダンサーに広めようとするのは、さすがにどうかと思う。ここでよくトレーニングしてるのに、あたしにはこいつを見せようともしなかったのは、危険性を自分でも理解してるからじゃないの？」

「!!」

新人ダンサー、つまり馨ははっとした表情になったが、すぐにうなだれた。そんな彼に向かって、はるかは困ったような口調で続ける。

「馨君」

その声と表情は、まるでいたずらをした子どもを叱るようだった。

「どうしてこんなもん、配ってるのさ？」

「…………」

それでも冴木は顔を上げない。いや、上げられないようだった。

「なんでだよ、馨？　なんか理由があるんだろ？」

「…………」

「それともおまえ、俺たちになんか恨みでもあんのか？　なあ、おい」

「ク、クロさん、そんなにきつく言わなくても」

夏海がフォローしたが、すっかりなついている先輩に文字どおり、頭の上から詰問された冴木は唇を噛んだままだ。

その目がうっすらと潤んできた、そのとき。

「大丈夫ですよ、冴木さん」

助け舟を出したのは、意外にも明里だった。

「はるかさんはトレーナーさんですし、知っているんじゃないですか？　それに私も真美子さんも、シロさんも、そうじゃないかなって思ってたんです」

それに応えるように、真美子とシロが頷く。

穏やかな声と表情で、明里は続けた。

「さっきシロさんが、はるかさんにメッセージを送ったんです。『ブルーギル』のことを伝えながら、そのことについても確認するために。けど、普通なら数秒で来る返信が来なかったことで、逆に確信できたって言ってました」

「そりゃあ、思いっきり個人情報だからね」

はるかが肩をすくめて、タブレットを掲げる。数分前、整形外科にメールした際にそのメッセージを確認したのだろう。

「大丈夫ですよ」

涙をたたえた瞳をもはや隠そうとはせず、怯《おび》える子犬のような顔でやっと自分を見つめ返した冴木に、明里はもう一度言った。

「それにクロさんと夏海さんも、信頼できる人たちだって知っているでしょう？」

「はい……もちろんです」

「馨君」

「冴木さん」

真美子とシロが、もう一度優しく頷いたのがきっかけだった。

「ごめんなさい」

少年のような頬を、しずくが伝い落ちる。

「ごめんなさい、皆さん」

それでも彼は微笑んだ。一所懸命に。まるで、ゲストの前に立つかのように。

「僕、性同一性障害なんです」

「え!?　ちょっと待て、それってつまり馨は本当は女ってことか？　いや違うか、心と体が別だから、ええっと……」

わかりやすく混乱しているクロを見ながら、冴木は気丈に微笑み続ける。

「はい。僕は男性です。少なくとも心って言うか、中身は」

「そ、そうか。でもって、体だけ女？」

「そうなんです」

デリケートな質問を、率直かつ素朴にするクロとのやり取りが、逆に気持ちを落ち着かせたのかもしれない。ぐすんと鼻をすすってから、彼はもう一度、困ったような、恥ずかしそうな笑みを浮かべた。

「そういうこと。最近は少しずつ認知されてきているし、性同一性障害のことはみんなも知ってるわよね？」

このことをすでに知っていたらしいはるかが、そう言って腰に手を当てると、クロ以外の全員も冴木を安心させるように大きく頷いた。

「トランスジェンダーなんて呼び方もあるけど、馨君自身が今言ってくれたみたいに、心と体の性別が違う状態や人のことを、一応はそうした疾患名で定義してるの。ただ、気をつけてほしいのは、ゲイやレズビアンとはまた別ってこと」

「別ってことは……ああ、そっか。そうっすよね」

「クロちゃん、あんた本当にわかってるんだろうね？」

必死に頭のなかを整理する様子のクロを見て、はるかは苦笑している。

「大丈夫っす。つまり馨の心はれっきとした男で、好きになるのは女。たまたま体が女なだけで、他は俺と同じストレート。で、昭二さんや横田さん、慎太郎さんたちみたいな人は言葉はアレだけど、体も心も男。でもって、好きになる相手も男。ようするに、そういう違いですよね？」

「もっと複雑な形もあるけどね。まあでも、馨君や今言った人たちに関しては、そんな感じかな。馨君、どう？」

話を振られた冴木は、元気を取り戻した声で答えた。

「はい、大丈夫です！　ありがとうございます」

クロの理解はなんともざっくりしていたが、「たまたま体が女なだけ」「俺と同じ」といった言葉がなんのてらいもなく出てきた時点で、彼は感激した表情になっていた。それだけ嬉しかったのだろう。その様子を、他の全員も優しく見つめている。

クロはふたたび、冴木に向き直った。

「でも、こうして言われるまで全然わかんなかったぞ。さっきおぶったときだって、体重軽いな、としか思わなかったぐらいだし」

「専門の病院に通って、ホルモン療法もしてますから。もともと、胸もかなり小さかったですし」

「そ、そうか」

説明しなれている様子の本人よりも、むしろ聞いたほうが、どぎまぎしている。

「もちろん、今はブラジャーもしてないですよ。シャワールームも個別のブースなんで、助かってます」

「お、おう。まあ、その、たしかに言われてみりゃ小沼とおんなじぐらいかも、って程度だよな、うん」

「なっ⁉ あんた、セクハラでコンプライアンス室に訴えてやるからね！」

真美子は目をむいたが、さすがにこの場でそれ以上の説教は、我慢することにしたらしい。「このセクハラ脳筋ノーデリカシー男。おぼえてらっしゃい」と、ぶつぶつ言いながらも、なんとか引き下がった。いつもの調子でかわされるそんな先輩たちの会話に、冴木も徐々に自然な笑顔を取り戻していく。

それを見たシロが、穏やかに確認した。

「でも、どこからかあなたの体の秘密を知った者がいて、その人間から『ブルーギル』を広めるよう脅された、というわけですね？」

「はい。本当にすみませんでした」

悔しそうに、そして申し訳なさそうに告げられた言葉に夏海、明里、真美子、そしてはるかと、女性陣が口々に声を上げる。

「じゃあ、馨さんはなんにも悪くないじゃないですか！　それって、完全な脅迫ですよ！」

「ひどいですね。警察に届けましょう」

「マジで許せない。やり方が卑劣すぎるわ」

「どこのどいつか知らないけど、見つけ出してきついお灸を据えてやらないとね」

　クロとシロも、厳しい顔を見合わせた。

「そうだな。俺たちの仲間をこんな汚ねえ手口で泣かせるヤツには、きっちり落とし前つけさせてやる。そうだろ、シロ？」

「ええ。正直、私も頭にきています。これはれっきとした犯罪ですから、それ相応の償いをしてもらいましょう」

　自分のことのように怒りを表してくれる仲間たちに、冴木は、「皆さん、本当にありがとうございます」と、再度、目を潤ませた。

　そうして彼は、あらためて経緯を話しはじめた。


　一週間ほど前、本社ビルのＡＴＭに立ち寄った冴木に、背後から近づいてきた男がいたのだという。暗証番号を盗み見ようとする犯罪者かと思い、キッと振り返るとスーツ姿のその若い男は、にやりと笑ってこうささやいた。

　――なるほど。こうして見ると、完全に男性ですね――。

　目を見開く冴木に、男は一枚のメモ用紙を押しつけてきた。そこに記されていたのは、誰でも取得できるフリーのメールアドレスだった。

――このアドレスを取得して、そこへ届く指示に従ってください。拒否したり警察に届け出たりした場合は、あなたの特殊な体のことをネット上で拡散します。今はたくさんのSNSや掲示板があって、ユーパラのことも毎日無数に語られていますから、いいネタになるでしょうね――。

そのまま愕然《がくぜん》として固まる彼を置いて、男はゆうゆうと去っていった。

「その夜、本当にメールが届いたんです。自宅に送られてくる段ボールの中身を、ユーパラのバックヤードで配るようにって」

「なんだと!?　どこのどいつだ、ふざけた真似しやがって！」

目の前にその男がいたら本当に殴りかかりそうな形相で、クロが拳を手のひらに打ちつける。その姿に少しだけ嬉しそうな顔をしながら、冴木は続けた。

「本当はそんなの無視して、すぐにでも警察に届けるか、少なくともパレマネさんに相談すればよかったと今では僕も思います。でも――」

「世間には性同一性障害への偏見が、まだまだ根強く存在する。あとは冴木さん自身のプライド、でしょうか」

穏やかな口調で先を汲み取ったシロに、冴木は「はい」と正直に頷いた。

「皆さんに、なによりもゲストの人たちに、僕は普通の男性だと思っていてほしかったから。あいつは体が女だから、筋力が弱いから、みたいな同情なんてされずに、クロさんみたいにジャンプとかもバシッと決められる、かっこいい男のダンサーでいたかった。いえ、今もそうなりたいんです」

「それで、筋トレやジャンプにもこだわっていたんですね」

「はい。本当にすみません、皆さんにずっと隠してて」

冴木が大きく頭を下げようとすると、どこからか手が伸びてきて、その髪をくしゃっと撫でた。

「なに言ってんだよ、馨」

そうしているのは、彼がそうなりたいと語ったばかりのダンサーだった。

「く、クロさん？」

「おまえ、もうじゅうぶんかっこいいじゃねえか」

「え？」

さっきの仁王のような怒り顔はすっかり消えて、クロが弟を見るような目で優しく笑っている。

「おまえのジャンプターン、全然悪くないってSルームでも言ったろ？　そもそも踊りがうまくなかったら、新人のうちからこうしてイベントにキャスティングされたり、あんなにファンレターが届いたりなんて、するわけねえじゃん。そりゃあ体のこともあって俺とはタイプが違うけどさ、だからこそおまえのこと、俺はいいダンサーでかっこいいって、お世辞抜きに思ってるよ」

「そうだよ。女子ロッカーでも馨君は、見た目は弟キャラっぽいけどあの子の踊りかっこいいね、いいダンサーだよねって、デビューのときから言われてたんだよ」

「真美子さん……」

クロと同じ目で、同じことを告げた真美子はそのまま、「だからむしろ、こんなの目指さないほうがいいわよ」と、親指でクロを示して笑ってみせた。

「こんなのってなんだ、こんなのって」

「力技ばっか得意で暑苦しい、ついでに言えばデリカシーのかけらもない男ってことですけど」

「うるせえな。ダンスの流派はおまえだって、同じだろうが」

「そこが不思議なのよねえ。あんた、ほんとはバッタもんなんじゃないの？」

「んなわけねえだろ！」

さっきの仕返しとばかり、見事にからかわれるクロの姿に、冴木だけでなく仲間たちからも笑い声が上がる。

「本当にありがとうございます。クロさん、真美子さん。それに皆さんも。体のこと、はるかさんだけじゃなくてやっぱり全員の方に、最初から伝えておけばよかったですね」

嬉しそうな彼の感謝の言葉をもう一度聞いたクロは、「そういえば」とはるかに顔を向けた。

「はるかさんは、前から知ってたんすか？」

「うん。馨君が初めてここにきた時点で、わかっちゃった」

「ベンチプレスやらせてもらってもいいですかって聞いたら、なんでもないことみたいに、その前にちょっと変なこと訊いていい？　って言ってくれたんです。あのときは、なんだか逆にほっとしました」

安心した顔で、冴木も微笑んでいる。

「カナダにいたとき、おんなじような子を診たことがあったんだよ。その子は馨君とは逆のパターンで、心が女性で体が男性だったけど」

「へえ」

「日本国内だけでも四万人以上の人がそうじゃないかって、推計もあるからね。そうでなくとも、おかしな偏見や差別なんて絶対にしちゃいけないけど」

クロに答えながら力強く言い切るはるかに、「ありがとうございます」と、冴木はふたたび微笑んだが、ふとなにかを思い出したような表情になった。

「あれ？　でも、シロさんたちも気づいたって言ってましたよね？　僕の体のこと」

最初に答えたのは、明里だった。

「私は親友がユーパラ大好きで、ダンサーさんの写真もたくさん撮ってるんです。その子、黒木田さんのファンなんですけど、最近は冴木さんもお気に入りらしくて。この新人さん、少年ぽいって言うか中性的な感じですごく素敵だね、って送ってくれる写真を何度も見てるうちに、ひょっとしたらって。たまたまですけど、性同一性障害をテーマにした漫画も読んだことがあったので」

「ああ、『FとMと』ですよね。あれは僕も読みました。きちんと取材されているみたいだし、いいお話ですよね」

続いて真美子も答える。

「あたしは、なんとなくかな。ほら、うちってゲイの人はたくさんいるけど、馨君てそういう人たちとも、ちょっと違う感じじゃない？　線が細くて可愛いのはたしかだけど、話してみるとどう考えても男の子だし弟っぽいし。だから、もしかしてって。ごめんね、感覚的な話で」

「いいえ。真美子さんみたいに綺麗な人から、弟みたいって言ってもらえて嬉しいです」

「ありがとう」

「小沼も、見た目だけはいいからな」

「うっさい！　この脳筋侍！」

真美子はまたしてもクロとじゃれ合うが、見た目がいいと言われたからか、ちょっとだけ頬が赤くなっている。

「で、スーはどこで気づいたのさ？」

はるかから振られたシロは、眼鏡のつるを触りながら、なんでもないことのように答えた。

「私も衣装合わせのときなどに、近くで体を見て、なんとなくそんな印象を受けていましたので。ただ――」

「ただ？」

「確信したのは、ジャンプです」

「ジャンプ？」

「はい。今日のことですけどね」

　そう言いながら視線を向けられたクロが、「あ！」と声を上げた。

「さっき言った、あれか？　あの、昼休みの」

「ええ。Sルームで冴木さんが、カンナさんにジャンプターンを見せたときです。もっと細かく言えばその着地を見て、ですけど」

「ジャンプターンってことは……ニーインしてたのかい？」

「はい。結構はっきりと。男性の、しかもダンサーであそこまでなる人はめずらしいので、やはりそうだろうなと思いました」

「ニーインって――」

　真美子がなにかを確認するようにつぶやくと、はるかが実演つきで解説してくれた。

「そ。ダンス用語にもなってるみたいだね。Knee、つまり膝がinする、文字どおり膝関節が内側にねじれるような動きのこと。こんなふうに」

　ジャージに包まれた長い右脚が、生まれたての小鹿のように逆くの字になっている。その姿勢のまま、彼女は説明を続けた。

「膝ってのは、基本的に縦方向の曲げ伸ばししかできない関節だから、こういう負荷が加わると、なかにある靭帯や半月板といった大事な組織を痛めやすいんだ。いうなれば理にかなってない、やっちゃいけない動きってわけ」

「そっか。だからあたしたち、そうならないようにレッスンで指導されるんだ」

真美子に続いて、クロも頷く。

「見た目だけの問題じゃ、なかったんだな」

「そのとおり」と言いながら、はるかは脚を元に戻した。

「で、このニーインの動作は女性のほうが圧倒的に多いんだよ。原因としては、骨盤の形が男性より広いこととかホルモンの関係とか、いろんな説があるけど。馨君は体が体だけに、どうしてもニーインしやすいのかもしれないね」

視線を向けられた冴木は、素直に認めた。

「はい。ジャズでもバレエでも、むかしから人より注意されます。意識はしてるつもりなんですけど、ジャンプターンみたいに難しい技になると、気を抜くとどうしてもそうなるみたいで。今日も怪我した瞬間、やっちゃったっていうのはわかりました」

「仕方ないですよ。三本目の本番で、それもラスト付近でしたし」

「一番、疲れてるところですもんね」

悔しそうな彼を、明里と夏海が心からそう思っている顔でなぐさめる。いずれにせよそれをシロは、ほんの一度目にしただけで見抜いたのだという。

「だから俺に、ジャンプも教えてやれって言ったのか」

クロは感心した顔で、彼のほうを見た。

「ええ。筋肉踊り専門のカンナさんなら、ニーインすることなんて一生ないでしょうから」

「おまえ、マジでほめてんだかけなしてんだか、わからねえな」

例によってそんなリアクションなどさらっと無視して、シロが冴木に向き直る。

「というわけで、冴木さん」

「はい」

「生田目さんが言ったとおり、我々はあなたの味方です。ですから安心して、まずは怪我を治すことに専念してください。脅迫相手に関しても、二度と従う必要はありません。我々も証人になりますから、会社としてきちんと対応してもらいましょう」

「はい」

「私たちを、仲間を、信頼してください」

整ったその顔に、王子様のような微笑が浮かんだ。

＊＊＊

冴木をはるかに任せて、クロたちはトレーナールームを出た。

「クロさん、今日は通しですよね？」

「お疲れ様です」

「ああ。今のうちに、軽くなんか食っとくよ」

夏海と明里の声に、クロは社員食堂の方角を指差しながら答えた。

ナイトパレード『ユーロ・イルミネーション・パレード』は、十九時三十分スタートだ。真夏や真冬は、暗くなる時間に合わせて三十分ずつ前後する時期もあるが、いずれにせよちょうど夕食どきである。これはもちろん、ゲストがレストランやテイクアウトでの食事をしながら見られるようにという計らいだが、出演者たちのほうは逆に、事前に軽く食事を取る者もいれば、動きの少ない役の者は本番が終わるまで我慢したりと、人それぞれだ。

クロはたいていの場合、事前になにかを食べておくほうだ。全身にイルミネーションのついた衣装で踊るナイトパレードは激しいダンスこそないものの、やはり本番であることに変わりはないし、常に「エネルギーが充塡《じゅうてん》された」と自分でも感じられる状態でパフォーマンスしたいという、性格的なものもある。

「なっちゃんと仙道さんは？　一緒になんか食うか？」

「あたしたちは、オフィスで事務仕事です。皆さんの次の出演シフトとか、クリスマスイベントのリハスケも作らなきゃいけないんで」

「ああ、そっか。もう冬の準備か。早いなあ」

テーマパークの一年は早く、そしてあわただしい。夏海の言うようにリハスケ、つまりリハーサルスケジュールを組みはじめるなど、九月後半のこの時点ですでに冬イベントの準備ははじまっている。

「て言うか、クロさんに合わせて一緒に食べてたら、カロリーオーバーで大変ですよ。これ以上太ったら、責任取ってくださいね」

「たしかに黒木田さんて、パレ棟でもよくゼリーとかチョコバーみたいなの、食べてらっしゃいますよね」

ふたり揃ってクロの旺盛すぎる食欲を指摘したが、本人は「そうか？」とまるで自覚がない。ちなみにチョコバーというのは、プロテインバーのことである。

「仕方ないわよ。脳みそまで筋肉の人は、あたしたちよりエネルギーが必要なんだから」

真美子も口をはさんできたが、なぜかとげのある口調である。だが、

「うるせえな。じゃあ小沼はどうだ？　社食、付き合わねえ？」

とクロが返すと、途端にもじもじしはじめた。

「え？　あ、うん、そうしたいけど……じゃなかった、そうしてもいいけどあたしは今日、イルミは入ってないから。このあとレッスン受けにいく予定なの。えっと、その、ありがとう」

「？　なんで急に目、逸らしてんだ？　て言うか顔、赤くねえ？　風邪か？」

「な、なんでもないわよ！」

一連のやり取りを冷静に結論づけたのは、彼らの一歩後ろを歩いていたシロだった。

「カンナさん、三人ともに振られたんだから、あきらめてひとりで食事をしてきたらどう

ですか。どうせ友だちもいないでしょうし」

嫌味な言葉を投げかけられ、すかさずクロは振り向いて言い返した。

「余計なお世話だ。頼まれたって、おまえだけは誘わねえぞ」

「こちらこそ、お金をもらっても断ります」

「ぬ……」

シロが例によって、ああ言えばこう言うということわざのお手本のような切り返しをしてくるので、クロは渋い顔で黙り込むしかない。いつもどおりのかけ合いを見て、三人の女性たちは顔を見合わせて笑っている。

「まあ寂しいカンナさんのために、途中まではつき添ってあげましょうか。社食前のコスチューム倉庫に、ちょうど私も用があるので」

「ふん。そりゃ、ありがとうよ」

こうして女性たちと別れたシロとクロは、結局は連れ立ってもうしばらく歩くことになった。


「カンナさん」

「なんだよ」

まだなにか失礼なことを言うつもりか、とクロがとなりに顔を向けたのは、社員食堂の建物が見えてきたあたりである。

が、今度はシロの顔は真剣だった。眼鏡のつるを触りながら、目が鋭い光を発している。

彼が見据える先には、自販機があった。その扉に手をかけている、スーツを着た男性の姿も。

「冴木さんは、スーツ姿の若い男に脅された、と言ってましたよね」

「ああ。それがどうし——!!」

怪訝な顔で視線を追いかけたクロの顔も、瞬時に引き締まる。いや、その方向を睨みつけるようになったと言うべきか。

「あいつか？」

「自販機のドリンク補充は、普通ベンダーさん、つまり販売会社の専門スタッフの担当ですよね」

「ああ。つなぎとかロゴ入りのジャンパー着てる兄ちゃんが、よくやってるよな」

駅や路上などで、よく見かける光景だ。当然ながら、ユーパラのバックヤードも同様である。

「百歩譲って、ドリンクメーカーの社員だとしても」

「スーツを着た男が自販機の扉を、それもどう見ても、こじ開けようとするような状況はねえよな」

このときばかりは息の合ったやり取りとともに、ふたりはその怪しい男性に近づいていった。よく見ると、その足元には丈夫そうな紙袋が置かれている。

そこから覗いている魚のイラストと、水色のロゴマークが答えだった。

「おい！　なにしてる！」

「そこにあるのは、『ブルーギル』ですよね。うちでは販売を断ったはずの」

叩きつけるような声と、突き刺すような声を浴びせられた男は、はっとして振り返ると同時に、くるりと向きを変えて駆け出した。

「待て、この野郎！」

百メートルスプリンターのような反応でそれを追いかけるクロの背後で、シロはあるものを即座に手にしていた。黄色と黒の縞模様で両端が輪になった一メートルほどの棒。工事現場などでよく見る、カラーコーンの間に渡されているプラスチックバーだ。

パレードのフロートや作業用のフォークリフト、社内循環バスなどが通るため、バックヤードの通路は基本的に広めの二車線になっている。徒歩移動する関係者は、脇にある路側帯をそれらの車両に気をつけながら歩くのだが、ガードレール代わりにカラーコーンとこのバーが、ところどころに置かれているのだ。

そのバーをシロは取り上げ、そして投げた。

体の横から地を這うように飛び出したそれは、回転しながらクロの膝下をかすめ、そのさらに数メートル先、逃げる男の足に見事にヒットした。

「うわあっ！」

前のめりに倒れた男の襟首を、すかさずクロが捕まえる。

「逃げるんじゃねえ！」

そのまま力任せに振り向かせ、今度はネクタイをわし掴みにして、上半身を引き上げた。

「『ブルーギル』の関係者だな⁉　うちの後輩をきたねえ手で脅したのも、てめえだろう！

今度は自販機に細工するつもりか！」

「ひっ！」

「なんとか言えよ、おら！」

男の顔が力任せに揺さぶされ、なにかの人形のように、がくがくと上下する。

「お、俺は指示されただけだ！　下っ端なんだよ！」

「指示されりゃ、誰かを傷つけてもいいのか！　心を踏みにじっていいのか！　てめえみたいなクズ、絶対に許さねえ‼」

クロが鬼のような形相で振り上げた拳を、冷静に掴んだのは、追いついたシロだった。

「やめましょう、カンナさん。殴るにも値しない生き物です」

「けどよ！」

「それに、先に手を出してしまうのは、さすがによくありません。い、い、い、たまたまどこからか、プラスチックバーは飛んできたみたいですが」

しれっと言う彼の眼鏡の奥は、だがぞっとするほど冷たい光を発していた。振り返ったクロも一瞬、はっとしたほどだ。

「法が許すのなら、私もこの場でゴミは処分したいんですがね。さいわい刃物やライターもありますし」

いつも腰に下げているウエストポーチに触れながら、シロも男に向かって屈み込んだ。

そして、どこまでも冷酷な目をしたまま言い放った。

「私もおまえを許せない。許さない。もう一度言うが、そうしていいものならこの場でためらいなく切り刻んで、火をつけてやりたい」

そこで自らを落ち着かせるように、彼は一度だけ大きく息を吐いた。

「でも残念ながら、日本は法治国家なので。ルールに則《のっと》って、法に従って裁きを受けさせる。おまえたちとは違って正当な手段で、けど徹底的に罪を償わせて、自分がやったことを後悔させてやる。絶対に」

いつの間にかその手が、男が着ているジャケットの内ポケットに滑り込み、カードケースらしきものを探り出している。「カンナさんも、念のため一枚持っておいてください」と、クロにも差し出されたのは、《ＫＫホールディングス株式会社　営業部　丸田真》と記された名刺だった。

「ドリンクメーカーの下請けだか、孫請けだかといった感じですね」

「お、おう」

名刺を見ながらクロは、シロの自分に対する口調がいつもどおりであることに、若干ほっとしていた。

こいつ、マジギレするとこうなるんだな……。

普段のシロは誰に対しても慇懃無礼な敬語を使うが、さっきだけはそれがかき消えていた。言葉こそ冷静だが、平気で相手を「おまえ」と呼び、怒りの言葉を投げつけていた。本当に氷でできた刃物のようだった。

でも、まあ。

少なくとも今はそれが、不快ではない。自分と同じように、いや、ひょっとしたら自分以上に、彼は冴木のために激怒していたのだ。仲間の受けた屈辱を自分のものとして感じ、相手に後悔させてやるとまで宣言してみせたのだ。

ほんとは結構、熱いやつだったりして。

心のなかだけで苦笑していると、パレ棟のほうから誰かが走ってくるのが見えた。

「シロ君、クロ君！」

「坂巻さん！」

駆け寄ってくるのは、チーフ・パレマネの坂巻だった。この人もめずらしく、緊張した表情をたたえている。

彼はふたりのところへやって来て、「マネージャーオフィスに内線が入ってね。ここで、怪しい男を君たちが捕まえてくれているって」と告げた。クロはジャージ姿、シロはいつものユニフォーム姿で、パレードダンサーと衣装係だとすぐにわかる格好をしている。見ていた誰かが、連絡してくれたのだろう。

「社食のスタッフさんが、たまたま窓から目撃していたそうなんだ。駆けつけて手を貸したかったけど、自分は年寄りだし間に合わないだろうと思ったから、すぐに通報したとも言っていた。なんだか、加勢できなくて残念そうな口ぶりだったけど」

「あ。それって、ひょっとして」

クロの頭に、思い当たる顔が浮かんだ。年寄りだがアクティブ。あの気さくなおじいさんかもしれない。自称「オールマイティー」とはいえ、社員食堂まで手伝っていたとは。

だが今は、それよりも優先すべきことがある。

足元でうなだれている男を、クロは顎でしゃくった。

「こいつが、その怪しいやつです」

「自販機をこじ開けて、うちで販売を断ったドリンクを混入しようとしていたようです」

シロの補足も聞いた坂巻は、丸田なる男を見下ろして、「そういうことか」と大きく頷いた。

「事情は、生田目さんから聞いたよ。じつは冴木君の体のことは、私たち一部の管理職も知っているんだ。だから安心してほしい。ダンサーの皆さんは、ここに入るときに簡単な健康診断書も提出してもらっているからね」

「そっか、そうでしたね」

クロも、三年近く前を思い出した。診断書を作成しながら病院の先生が、「なんかのプロ選手？」と真顔で聞いてきたものである。

「なにはともあれ、ふたりともありがとう」

そう言って頭まで下げるチーフ・パレマネに、クロとシロは揃って、「いえ」と首を振ってみせた。

「ここから先は、私に任せてもらえないだろうか。冴木君の体のこともあるし、どこまで表沙汰にするかも含めて、うちの法務部も交えて一番いい対応を取っていこうと思う。当然だが、この男のこともしっかり犯罪者として取り扱い、警察にも連絡する」

その言葉を受けて、足元の丸田が怯えたような表情になったが、そんなものはクロたちの知ったことではない。

「坂巻さんがそう言ってくれるなら、もちろんお任せします。いいよな、シロ？」

「ええ。よろしくお願いします」

坂巻の言うことに素直に従ったふたりは、「行きましょう、カンナさん。これ以上ゴミのそばにいると、ますます不快になりますから」というシロの言葉とともに、その場を離れることにした。

翌日から冴木は、怪我を治すために一年間の休演扱いとなった。完治が早まれば、その期間を短縮していいという許可ももらえたそうだ。

ブリーフィングにおいて松葉杖をついた彼がそのことと、同時に自身の体の秘密についても真摯《しんし》に告白、そして謝罪すると、一瞬だけしんとなったダンサールームは大きな拍手に包まれた。

「待ってるよ、馨君！」

「しっかり治して、また一緒に踊ろうぜ！」

「体のことなんて、全然気にすることないわよ。あたしたちだってオカマなんだし。ねえ、クロちゃん？」

「!? お、俺はストレートっすよ！」

そうして、いたるところからかけられる励ましの声に、少年のようなダンサーは、「ありがとうございます、皆さん！」と、またしても大粒の涙を流しながら、頭を下げ続けたのだった。


「馨のやつ、意外に泣き虫だったんすねえ」

例によってトレーナールームでベンチプレスをしながら、一連のできごと、そして数時間前の冴木の姿を思い出したクロが笑いながらそう言うと、部屋の主ではない声が出入り口のほうから聞こえてきた。

「まともな感受性があるからこそ、ですよ。涙の告白を受けた直後に、のうのうと筋トレできるほど鈍感な人とは、違うということです」

「なんだよ、シロ。来てたのかよ？」

そういえば今は、「天気もいいし、患者もいないから換気するよ」と、はるかがドアが開け放っていたのだった。

そのはるか、そして夏海、真美子、明里も、彼らふたりとさらに坂巻からもその後の経緯を聞き、冴木を脅迫していた丸田なる男が捕まったことをすでに把握している。

『ブルーギル』に関しては、「少なくともうちでは、どうせ二度と出回ることはないだろうしね」とのはるかの言もあって、とくに冴木の名前などは出さず、彼女のほうからカフェインの過剰摂取に関する注意喚起プリントを、出演者全員に配るだけにとどめられた。

あらためて、「失礼します」と律儀に告げながら入室してきたシロの姿に、はるかがにんまりと笑う。

「どうしたの、スー？」

「クリスマスイベントの衣装ラフが上がってきたので、届けに来ました」

そう言ってシロはいつかのように、衣装デザインが描かれた何枚かの紙を差し出した。

「ありがと。クリスマスかあ。またふたりでデートする？　予定、空けとくわよ」

「また、とか言わないでください。あれは仕事です」

夏にパーク内でふたりが行った、視察のことだろう。だがたしかに、事情を知らない人の目には、あれはカップルのデートにしか見えないだろうとクロも思う。

「なんだよシロ、いいじゃねえかよ。せっかくはるかさんが誘ってくれてんだぞ。どうせおまえだって、予定なんて入らねえだろ」

いつものお返しとばかりにクロが言ってやると、返ってきたのはめずらしいリアクションだった。

ただしそれは、〝実力行使での反撃〟という全く予想外のものだったが。

「おっと。またしても、たまたまなにかが飛んできたようです」

しれっとした顔で彼がクロのTシャツにつっこんできたのは、ちょうどはるかが取り出していた、カチカチに固まったアイスパックである。

クロの喉から、おかしな声がもれた。

「ふぎゃあ！」

だがシロは、「ああ、すみません、カンナさん。ちょっと最近、疲れていまして」などと棒読みで言いながら、わざとらしく手をついて、それをさらに脇腹のあたりに押しつけてくる。

「ひいい！　冷てえ！　腹が冷える！」

疲れているなどと言っているくせに、彼の手の力は強まるばかりだ。

「どうせ頭を冷やすつもりはないでしょうから、せめてお腹ぐらいは冷やしたらどうですか。おっと、さらに立ちくらみが」

「ひぎゃあ！」

顔に似合わない悲鳴を上げ続けるクロの耳に、今度はタブレットの、それも動画撮影をしているらしい、ピロリンという電子音が聞こえてきた。

「あはは、いい顔だねクロちゃん。馨君がお休みしちゃうし、ちょっと路線変更して可愛い系でいってみる？　マッチョなのに中身は可愛い系って、ギャップ萌えでますます人気が出るかもよ？」

　いつの間にか、はるかがこちらにタブレットを向けて笑っている。

「は、はるかさん、頼むからその動画、消してください！」

「どうしよっかなあ。今どきはＳＮＳもいっぱいあるし、掲示板にはユーパラのスレッドとかもあるんだってねえ」

　どこかで聞いたような、脅迫の仕方だ。

「とりあえずは、なっちゃんと真美子ちゃん、明里ちゃんのアドレスに送信……っと」

「ま、マジっすか!?　やめて！」

　五分と経たないうちに、クロのスマートフォンには、

《クロさん、災難でしたね》

《あんた、なにキモい声出してんの？　でも、しっかり保存させてもらったから》

《黒木田さん、なんて言うか、その、お疲れ様でした！》

　という、目の前のふたりとともに、いつしか自然と連絡先を交換していた彼女たちからの、三様の返信が届いたのだった。

第五章　パレードダンサーの本音

「クロさんは、来年どうするんですか？」

十月の終わり。

間もなくハロウィンパレードも千秋楽を迎えようかというある日の社員食堂で、若干緊張した様子の夏海が訊いてきた。このハロウィン期間中、新人ダンサーの冴木馨絡みの事件があったが、チーフ・パレマネの坂巻も語っていたとおり会社が動いて、そのまま表沙汰にせず処理されたようだ。

その冴木からは、順調にリハビリをこなしているという嬉しいメールが、事情を知る全員宛に、昨日も届いたばかりである。

きつねそばをすすっていたクロは、彼の少年のような笑顔を思い浮かべつつ、のんびりと問い返した。

「来年？」

「契約更新のオーディション、もうすぐですよね？」

「ああ、もうそんな時期か。一年、あっと言う間だな」

ユーパラでは毎年この時期になると、個人事業主として仕事をしているクロたち出演者や、契約社員である明里たちのような人間に対して、次年度の条件提示や本人の意思確認などが行われる。ダンサーや役者はそのうえで十二月に開催されるオーディションを受け、ギャランティや配役などを、さらに細かく審査されるというシステムになっていた。

答えになっていない台詞に続けて、クロは逆に訊き返した。

「なっちゃんたちは、コスモポリタンの社員さんだから、そういう話は関係ないんだろ？」

「ええ。でも仙道さんも、もう来年度の仮契約は済ませたって言ってました」

「そっか。仙道さん、よく考えたらアシスタントさんだもんな。なんか社員さんぽいから、すっかり忘れてたわ」

言いながら、出汁の染み込んだ油揚げを頬張る。今日はこのあとナイトパレードまで出番がないので、トレーナールームで筋トレさせてもらったあとに昼食を取っていたら、「クロさん！　ここ、いいですか？」と、すでにメインの食事は終えていたらしい彼女が、正面の席に移動してきたのだった。

すると夏海はなぜか、可愛らしく唇をとがらせてデザートのパイナップルをぐさぐさとフォークで刺しはじめた。なんだかイライラ、いや、やきもきしているような感じだ。

「で、どうなんですか」

そのまま尋問するような台詞とともに、こちらをじっと見つめてくる。

「へ？」

クロは油揚げを、あわてて飲み込んだ。なにか機嫌をそこねるようなことをしただろうか。いつも明るくてチャーミングな人だが、怒らせると本番中だろうがなんだろうが、お構いなしに攻撃してくることは、夏にあった事件をはじめこれまでに何度も経験済みだ。

「だから、その……来年度もユーパラにいるのかな、ってことです」

「ああ、そのことか。一応そのつもりだけど」

そう答えた瞬間、大きな瞳が輝いたように見えた。

「でも、なんで？　まさか俺、クビだとか坂巻さんあたりが言ってたのか？」

「あ、いえ、そうじゃないです！　ただやっぱりこういう時期だし、契約更新しないで他のパークや劇団に移ったりとか、ダンスの先生になる人とかもいるじゃないですか」

ぐさぐさはすっかり止まって、フォークが今度はご機嫌な感じで上向きに揺れている。クロの残留を、素直に喜んでくれているらしい。

苦笑しながら、クロは正直に答えた。

「俺はとくに、そういうことは考えてないよ。もちろん憧れの劇団《カンパニー》から、いい条件でオファーがあったりすれば別だけど」

「え!?　お、オファーがあるんですか？」

嬉しそうに光ったばかりの夏海の目が、今度は丸くなる。相変わらず感情がわかりやすい。

「はは、残念ながら今のところないって。俺、いつかは『劇団R＆I』に行きたいんだけどさ。あそこ、オーディションすらなかなか開かれなくて」

「R＆Iって、あの『ネイチャー・ボーイ』とかやってるところですよね？」

「そう。あのミュージカル劇団。つーか、劇団と名のつくところでまともに飯食えるのって、あそこを含めて数えるほどしかねえしな」

クロの言うとおり、『劇団R&I』は複数の上場企業がスポンサーについているばかりか、年会費制のファンクラブもあるので、経営的に安定していることで知られる有名カンパニーだ。東京と大阪に常設の専用劇場を持っているし、全国での地方公演、さらには小中学生対象の演劇教室なども積極的に行っていて、集客力自体も非常に大きい。

落ち着きを取り戻した様子の夏海は、思い出した、といった表情になった。

「R&Iかあ。そう言えば、あたしも一回だけ観に行ったことありますよ」

「お、そうなんだ？　ちなみに、なに観たんだ？」

「ファンタジーっぽい、魔法使いがいっぱい出てくるやつです。えっと——」

「ああ、『メイジズ』だな。ダンスシーンだけじゃなくて、アクロバットとか手品の場面もあって、派手だったろ？」

「はい！　ストーリーもわかりやすくて、面白かったです。クロさんみたいなダンサーさんもいましたし」

「俺みたいな？」

「ええ。炎の魔法使いの人とか、背が高くて踊りもダイナミックで、クロさんぽかったです。今思えばですけど」

「はは、そう言ってもらえると嬉しいな。いつかオーディションに受かって、そういう役をもらえたらなあ」

社員食堂というより、街のカフェにいるかのようにふたりして盛り上がっていると、呆れたような声が後ろから聞こえてきた。

「カンナさんの場合は、ああいう花形ポジションじゃなくて、せいぜいサイクロプスとか土の魔人でしょうね」

「あ、シロさん。お疲れ様です」

夏海の向かい側から近づいてきたのは、シロだった。ちなみにサイクロプスとは一ツ目の巨人であり、土の魔人というのも同様にのしのしと動く、いずれも『メイジズ』の役柄である。

「お疲れ様です。お邪魔でしたか？」

「い、いえ！　全然！」

聞かれた夏海は、あわてたように首とフォークを振っている。「では、失礼します」と会釈しつつ、シロはちゃっかりクロのとなりに腰を下ろした。片手にコーヒーを持っているところを見ると、彼も昼食を済ませたばかりのようだ。

「なんだよ、シロ。せっかくなっちゃんと、『メイジズ』の話してたのに」

「みたいですね」

「て言うかおまえ、サイクロプスとか土の魔人って、ずいぶん詳しいじゃねえか」

「ええ。私も観たことがあるので。ロングラン上演されている、人気演目ですし」

「へえ。シロさん、舞台好きなんですか？」

「舞台だけ、というわけではありませんけどね。映画や落語も行きますよ」

「へえ」

と、これはクロの感想である。小洒落たイメージが強い男なので、「クラシックのコンサートやオペラが趣味です」などと、また気障ったらしいことを言い出すのではないかと思っていた。

「まあそもそも、カンナさんがR＆Iに向いているとは思えませんけど」

「なんでだよ」

「あそこは、筋肉踊りが珍重されるようなカンパニーじゃないでしょう。本格派のミュージカル劇団ですし」

「…………」

「その代わり消防士とか自衛隊なら、むしろ向こうからオファーがあるかもしれませんよ。なんなら、知り合いがいますから紹介しましょうか？　踊りはともかくこの無駄にある体力だけは、なかなか貴重ですからねえ」

「おまえ、俺をダンサーから引退させたいのか」

憎まれ口を叩き合うふたりと、それを笑顔で見守る夏海。

パレード関係者には見慣れた、いつもの光景だった。

＊＊＊

翌日。

デイパレのみのクロが昼前に出勤すると、ダンサールーム内の掲示板まわりに、ちょっとした人だかりができていた。

「こんちはっす」

「あ！　クロちゃん！」

「あら、噂をすればだわ」

「頑張ってね！」

なにごとかと思いその場にいた昭二、慎太郎、横田のトリオに声をかけると、三人は近所のおばちゃんのように、逆にかしましく話しかけてきた。

「ついにクロちゃんにも、チャンスがきたのねえ」

「あたしは前々から、この子はできる子って思ってたけどね」

「男らしく、ビシッと決めるのよ！」

「？」

なにが起きたのかさっぱりわからないので、首を伸ばして掲示板を覗き込む。

そこには、こう書かれていた。

《下記の者は『クリスマス・パレス・ショー』、メインダンサー役オーディションへの参

【男性】一山竜司《いちやまりゅうじ》　浦川健吾《うらかわけんご》　黒木田環和
加を命ずる。※日程は追って発表。

小山哲美《こやまてつみ》　篠原望《しのはらのぞむ》──》

だがクロが目を丸くしたのは、オーディション参加者の名前に続いて、最後につけ加えられていた名前だった。

《──尚《なお》、審査には『クリスマス・パレス・ショー』特別振付担当の、工藤恭二《くどうきょうじ》氏（劇団R＆I）も参加予定》

「工藤さんが⁉」

思わず声に出てしまったのも、仕方ない。工藤恭二は『劇団R＆I』の主任振付師であり、自身も現役のダンサーとして数々の舞台に今なお出演し続けている、いわば日本のダンス業界における〝生ける伝説〟である。クロがR＆Iを目指すようになったきっかけも、この人の踊りを生で観たことだった。

「パレス・ショーのメインダンサーもいいけど」

「工藤さんの目に留まれば、R＆Iから声がかかるかもよ？」

「クロちゃんのネイチャー・ボーイ、見たいわあ！」

この先輩たちの場合、男性キャストのほとんどが上半身裸のその演目を見たいだけのような気もするが、「そうっすね。頑張ります」と、クロは力強く頷いてみせた。

なんにせよ、チャンスだ。

オーディションの日がやってきた。

早朝からLルームに集められたダンサーは男女合わせて二十名ほどで、このなかから十二月にパーク内の宮殿「キングダム・パレス」の特設ステージで行われる、『クリスマス・パレス・ショー』のメインダンサー役が数名ずつ選ばれる。

「皆さん、社内オーディションへのご参加ありがとうございます。今回、ショーの振り付けを担当する工藤です。メインダンサー役はその名のとおり、ダンスパートにおける主役と言ってもいい重要な役どころですが、だからこそそれにふさわしい方々に、こうして集まっていただいた次第です。緊張せず、皆さんの高い実力を存分に見せてください」

のっけから工藤恭二自らが挨拶し、ダンサーたちの顔が引き締まった。

緊張せず、と言われたからといって、そのとおりにできる人間などひとりもいないだろう。クロから数人置いた先でも、しなやかな体のラインがはっきりわかるTシャツとスパッツ姿で、真美子が緊張を漂わせて口元を固く結んでいる。周囲の納得の声とともに、彼女もオーディション参加者に選ばれていた。

「ウォーミングアップは済んでいますね？　では、さっそくはじめましょう。振り付けは男女共通ですから全員、鏡の見える位置へどうぞ」

にっこり微笑んだ工藤恭二が、おもむろに羽織っていたジャージを脱ぐ。その下から現れたのは、体にぴったりフィットするタイプのウェアに包まれた鋼《はがね》のような肉体だった。ウェアには金色で、ワンポイントのロゴが刺繍されている。

「おお……」

期せずして、ダンサーたちの間からため息が漏れた。細身ではあるが、筋肉の形がくっきり浮き出た無駄のない体躯《たいく》は、それだけで芸術品のように見える。

「すげえな」

「そうね。踊るために特化された体って感じ」

クロがぼそりとつぶやくと、いつの間にかとなりに来ていた真美子が、感嘆の声で答えた。

「クロ」

「うん？」

「頑張ろうね。一緒にメイン、やろう」

「おう！」

頷き合ったところで、振り付けがはじまった。

「では、最初のエイトカウントから！」

日本を代表する振付師らしく、工藤が指定する踊りはバレエやジャズダンスの基本ステップを土台に、数種類のジャンプやターンが要所要所で織り交ぜられた、まさに「王道」と呼ぶべき構成になっていた。だからこそ、それらにこの場ですぐ対応できるだけの素養がない者、あからさまに苦手な技術がある者などは、逆に悪目立ちしてしまうだろう。

まさに自分たちのような、オーディションに挑むダンサーをテーマにした有名ミュージカルの曲とともに、クロや真美子たちは真剣な表情で振り付けを頭に叩き込んでいった。

「クロさん！　お疲れ様でした！」

一時間後。自分の番が終わりロッカールームへ戻ろうとするクロに、待ち構えていたように夏海が声をかけてきた。

「おう、なっちゃん。サンキュ、なんとか終わったよ」

「どうでした？　オーディション」

「う～ん。こればっかりは、わかんねえなあ。一応、でかいミスはしなかったけど」

「じゃあ、よかったってことですよね？」

「いや、うまいやつらが集められてるわけだし、振りを間違えないのは当たり前だよ。むしろなんで俺まで呼ばれたのか、いまだに謎なぐらいだ」

「そんなことないと思いますけど」

「そう言ってくれるのは、なっちゃんぐらいだな。はは」

クロが苦笑すると、「あら、後ろから見ててほんとによかったわよ」と、明るい声が割って入った。

振り返ると、タオルで汗を拭いながら真美子が歩いてくる。彼女も無事終わったようだ。オーディションは男子から三名ずつ順に踊らされたが、出番を待つメンバーは後方で待機する形だったので、クロの踊りもしっかり見ていてくれたらしい。

「大きく動けてたし、ジャンプも一番高くてクロらしかったじゃない」

「ほめてもなんにも出ねえぞ。そういうおまえは、どうだったんだよ？」

「まあまあかな。もちろんノーミスはノーミスだけど」

「おまえがまあまあってことは、かなりいい踊りだったんだろうな」

「あら、ほめてもなんにも出ませんけど？」

オーディション直後だからか、いつもの口喧嘩ではなく同期らしい息の合ったやり取りをするふたりを見て、夏海はさり気なく唇をとがらせている。

その様子に気づいた真美子は、彼女にだけ聞こえるようにそっと耳打ちした。

「たまにはあたしも仕事ができるとこ、こいつにアピールしなきゃって思ったの。正々堂々勝負しようね、なっちゃん」

「え!?」

目を丸くする夏海と、「なんだよ、ふたりだけで」と怪訝な顔をするクロの双方にいたずらっぽく笑いかけながら、

「ほら、ハロウィン一本目はじまっちゃうよ。じゃ、今日もよろしく！」

と、真美子は軽やかに去っていった。

それから四日後。

《オーディション結果のお知らせ：下記の者を、『クリスマス・パレス・ショー』メインダンサーとする。
【男性】　浦川健吾　黒木田環和　篠原望　中本竜也《なかもとたつや》
【女性】　市山《いちやま》さやか　小沼真美子　服部奈緒子《はっとりなおこ》　矢部紀香《やべのりか》》

　パレ棟内の掲示板でその発表がされた翌日から、すぐにリハーサルははじまった。自分以外はいずれもダンス上手なことで知られる仲間たちだったが、女子には真美子が、そして男子にも同じく同期の中本というダンサーがいることもあり、クロも気後れすることなく順調にリハーサルを重ねていくことができた。

　クリスマス・ショーはシーズン的にも書き入れ時のため、通し稽古ができるようになった段階で、運営会社『コスモポリタン・ヴォヤージュ』の幹部によるリハーサルチェックも行われるが、メインダンサーチームの仕上がりは素晴らしく、彼らから逆におほめの言葉をもらえたほどだ。

　そうして約一ヶ月が経過し、十二月のショー開幕までいよいよあと三日と迫った日。

「ああ、黒木田君。ちょっと残ってください」

「は、はい！」

　舞台や衣装、音響といった全てが完全に本番同様で行われるドレスリハーサル、通称「ドレリハ」終了後、クロは工藤に居残りを命じられた。

「すまないね、疲れているところ」

「いえ。大丈夫っす」

　やや緊張しながら、憧れの人の下へ行く。一ヶ月近く指導を受けてきたが、やはりマンツーマンで話すのは落ち着かない。

　パークのど真ん中、ユーロ・キングたちが暮らしているという設定のパレス周辺には、音響や舞台装置のスタッフが道具や機材を片づける音だけが、やけにはっきりと響いている。例によって、リハーサルはパークの閉園後に行われているので、時刻はもう夜十一時半を回っていた。

「手短に、結論から言おう」

「はい」

　ダメ出しかと思ったが、「結論」という言い方が引っかかった。まさか、ここにきて役を降ろされるのだろうか？

　たしかに他の男性三人は、自分とは全くタイプの違う、貴公子然としたキャラクターのダンサーたちだ。「王宮が舞台なのに、ひとりだけ剣闘士みたいなのがいるぞ」と、中本にもよくからかわれる。ドレリハを見た結果、「じつは、踊りのない衛兵の役で出直してもらいたいんだ」などと申し渡される可能性が、自分だけにはあるような気がした。

「じつは」

　来た。やっぱり。

「君を、リコメンドさせてほしいんだ」

そうか。メインを降ろされて、リコメンドか。

「へ？　りこめんど？」

リコメンドって、あれか？　プッシュするっつーか、アピールするっつーか……って、どっちも日本語じゃねえな。ようするに、推しメン？　推薦？

数秒遅れて言葉の意味を理解したため、素っ頓狂な声を出してしまった。

「ええっと、つまり」

「ああ」

頷きながら、工藤はもう一度微笑んだ。

「君をうちのカンパニー、R&Iのオーディションに推薦したい。もっとも、私のなかではすでに即戦力と思っているけどね」

「ほ、本当ですか!?」

「もちろんだよ。それで、善は急げというわけじゃないけどオーディション日も、もう決まっているんだ」

彼が語るところによると、R&Iはこうして幹部がこれぞと目をつけた人間が何人か集まった時点で、極秘裏に採用オーディションを行っているのだという。道理で、通常の公募オーディションが滅多に開かれないわけである。

「ちょっと急で申し訳ないが、三日後の十二月一日は空いているかい？　ちょうど、このショーの初日と重なってしまうが」

「あ、大丈夫っす！　自分は初日デビューじゃないんで」

ドタバタのスケジュールにクロは少々びっくりしたが、そんなことを言っている場合ではない。

「だよね。一応、マネージャーオフィスにそれも確認したうえで声をかけたんだが、よかった。ああ、坂巻さんにも許可は得ているから、安心してくれたまえ」

「ありがとうございます！　頑張ります！」

感激だった。自分ごときのために、あの工藤恭二がここまでしてくれるとは。

「君のダイナミックなダンスは、個人的にも好きだからね。期待しているよ」

「はい！　よろしくお願いします！」

本当にチャンスが来た。これはもう、オーディションでも一所懸命なところを見せるしかない。

深夜まで働いた疲れも吹っ飛んだように感じながら、クロは元気に頭を下げていた。


翌日のデイパレで、ナイトダンサー役のクロは絶好調だった。ジャンプシーンでは、冴木が見たらますます憧れそうなほどの高いジャンプを見せ、立ち回りを模した振り付けのところでも、「うわ、本物っぽい！」「お侍さんみたい！」といつも以上に、〝らしい〟歓声を浴びたほどである。

「やたらと張り切ってましたね。まさか、また『ブルーギル』でも飲んだんですか？」

デッキ2に戻ってくると、ちょうど自分たちのユニットに随伴していたシロが、呆れたように声をかけてきた。

「お、わかるか？　さすがにあんなもんは飲んでねえけど、たしかにモチベーションは上がりまくってるぞ」

「あなたぐらい単純だと、誰でもわかると思いますが」

シロの皮肉も、今日のクロにはまったく通じない。

「いいってことよ。シンプル・イズ・ベストだ。はっはっは」

「そういう意味では、ないんですけどね」

「それに、エンターテイナーは感情表現がはっきりしてないと、舞台からお客さんにエネルギーが伝わらねえだろ？」

上機嫌でクロが言うと、なぜか鋭い返事がきた。

「舞台って、まさか」

「ん？」

半歩先に行きかけたクロが振り返ると、シロの眉間にしわが寄っていた。そのまま顔つきにふさわしい、厳しい声が続けられる。

「差し出がましいようですが、R&Iに誘われたのなら、行くのは本当にお勧めしません」

「!?」

「やはり、そうなんですね」

「お、おう。まあな」

「工藤恭二さんに、誘われたんですか？」

「ああ。でも、なんでお勧めじゃないんだよ？」

おたがいに少し声を潜めながら、ふたりはふたたび並んで歩き出した。

「R&Iは、カンナさんに合わないと思います」

「はあ？」

「行かないほうが、いいってことです」

「なんでだって聞いてんだよ。おまえにR&Iのなにがわかるっていうんだ？」

「エンターテインメント業界が狭いことは、知ってるでしょう。衣装係だって、知り合いのひとりやふたり、いますから。それにあそこは最近、外国人ダンサーも増えているそうじゃないですか。規律も緩んでいるし、観客動員数も落ちていると聞きます」

「よく知ってるな。でもだからこそだって昨夜、工藤さんが言ってたんだ。俺たちみたいな若い日本人ダンサーで、もう一度盛り上げてほしいって。もちろんあそこは――」

「スターシステムを嫌うカンパニー、ですよね」

スターシステムというのは、人気のある俳優やダンサーを大々的に前面に出して文字どおりカンパニーの〝スター〟を作りつつ、宣伝効果や集客率を高めるやり方のことだ。R&Iはそれをよしとせず、「作品こそが主役」というスタンスを頑なに貫いていることが、エンターテインメント業界では知られている。テレビや映画から所属俳優にオファーがあった場合も、その人が劇団を退団しない限り、それを受けられないという不文律まであるのだとか。

いずれにせよシロは本当に、R&Iに関してそれなりの知識があるらしい。そういえば、観客として足を運んだこともあると言っていた。

「ああ。役者やダンサーはあくまでも駒。いい意味でも悪い意味でも、平等ってスタンスだけどな」

「社長で総合演出の深井《ふかい》圭次郎《けいじろう》が天皇で、女優の野沢《のざわ》みちるさんが女王。工藤恭二さんはさしずめ王子ってところでそれ以外は全員、平民とも言われていますね」

「マジで詳しいな。そこまで知ってんのか」

「知り合いがいるって言ったでしょう。そうじゃなくても、ネットにそれぐらいのことは書き込まれていますす」

「そっか。でも、そういうのはどうでもいいんだよ」

クロは、瞳に力を込めて言った。

「ひとりのダンサーとして、俺はあそこで勝負してみたいんだ。スターになりたいなんて、これっぽっちも思わねえ。その代わり、みんなの力でお客さんにちょっとでもいいものを、本物のショーやミュージカルを届けようっていうの、やっぱいいと思うんだ。なんつーかこう、熱くなれる感じっつーか。おまえもそういうの、わかるだろ?」

だがシロはにべもなく、「相変わらず、脳筋で体育会的思考ですね」と、クロの言葉を一蹴する。

「なんだよ、いいだろうが。そもそも俺の人生だっつーの」

「ダメです」

かぶせ気味に否定する声には、めずらしく強い感情がこもっていた。

「あなたは、R&Iに行かないほうがいい。いや、もし行けたとしても、あそこではやっていけない」

「はあ!?」

「何度も言わせないでください。あなたみたいな人が、R&Iに合うわけがない」

「なんだと、この野郎」

さすがにイラッときたクロは、頭半分上から白皙の顔を睨みつけた。だが向こうも、一歩も引く素振りを見せない。眼鏡の奥から、鋭い視線が返ってくる。

意外だった。

こいつ、なんでここまでムキになってんだ?

だが。

「R&Iで、あなたが活躍できるわけがない」

そこまで言われ、あらためて胸に怒りが湧き上がってきた。

「てめえにゃ、関係ねえだろうが！」

クロは吐き捨てるように言うと、足早にシロから離れていった。

自分でも予想外だったが、もやもやした気持ちは次の日になっても、クロのなかから消えなかった。

それが原因というわけではないだろうが、この日のデイパレは、前日とは打って変わって散々なできになった。外からわかるほどの大きなミスこそなかったものの、ゴーレム役の見せ場であるストップモーションで微妙に体が揺らいでしまったり、風にあおられたバナーがからまってしまったりと、反省しきりの本番となってしまったのだ。

「どうした、クロちゃん？　なんか調子悪いのか？」

終了後、すぐに声をかけてきたのは、自分のユニットの場所で随伴してくれていた、あのおじいさんだった。今日は衣装係らしい。

「いえ、そういうわけじゃないんすけど。すんません」

「ま、そういうときもあるわな。切り替えて次、頑張ればいいさ。おまえさんの踊りは私も好きだし、引き続き応援してるよ」

「ありがとうございます」

素直に頭を下げたところで、おじいさんの名札が目に入った。今さらながら確認したそこには、ＷＡＴＡＮＡＢＥと記されている。

ワタナベがぽんと肩を叩いて去っていったあと、今度は昭二も寄ってきてくれた。

「クロちゃん、大丈夫？　なんかめずらしく、ちょいちょいミスってたじゃない」

スタッフであれダンサーであれ、やはりベテランの目はごまかせないようだ。

「はあ、すんません」

「まあ、目立つほどの失敗はないからいいんだけど。どうしたの？　彼女と喧嘩したとか？　なっちゃんと真美子ちゃん、どっち？　それともなんだっけ、あのアシスタント・パレマネの、ええっと、明里ちゃんだっけ？」

「違いますよ！　いろんな意味で！」

勝手に人を、一夫多妻制の世界に放り込まないでほしい。しかも三人とも身内というか、近しい職場の仲間ではないか。

「そお？　恋の相談なら、あたしたちがいつでも乗るから、遠慮しないでね」

「そうよそうよ」

「クロちゃんの恋バナ、あたしも聞いてみたいわあ」

さらには慎太郎と横田まで寄ってきてしまったので、クロはあわててデッキ2から逃げ出した。

だが心配してくれたのは、彼らだけではなかった。

数時間後のナイトパレード。スタンバイ時、遠慮がちに声をかけてきたのは夏海である。

「クロさん」

「おう、なっちゃん。今日もよろしくな」

「変なこと、訊いていいですか？」

「ん？」

「ほんとの喧嘩……してるんですか？」

「え？」

そういえば昭二さんたちにもそんなこと言われたな、と苦い思いで、クロは数メートル後方をさり気なく振り返った。夏海も見つめるそこでは、シロがミツバチ役の女性ダンサーについていている、触角を模したイルミネーションをチェックしている。

「いつもだったら、シロさんと口喧嘩してる時間なのに。しかも今日のイルミ、あの人がユニット随伴でしょう？」

「いや、まあ、ちょっとな」

さすがによく見ている。快活な少女といった性格の夏海だが、その裏にはこうした、大人っぽい思考力もあわせ持っている。パレマネとして自分たち出演者から信頼されているのは、そんな部分も大きいのだろう。

と。

「あたし」

いつの間にか、黒目がちの瞳が真剣にこちらを見つめていた。

「あたし今、お仕事がすごく楽しいです。まだ二年目だけど、こうやってクロさんとも仲よくなれて、まわりにはシロさんやはるかさん、真美子さん、仙道さんたちもいて、みんなで一緒にショーを創り上げることができて」

「なっちゃん？」

「中学生の頃から好きだったユーパラで、好きな人……たちと一緒に、今度は自分が子どもたちのために、ゲストのために毎日働けるなんて、commonplaceでstereotypeな言い方ですけど、ほんとに夢みたいだなって思ってます」

夏海なりに、なにかを感じているのだろうか。R&Iから誘われていることはまだ明かしていないが、彼女が真摯な気持ちでそう言ってくれていることは、ネイティブな発音の英語が交じっていることからも、しっかりと伝わってきた。

「だからあたし、このメンバーで、みんなでもっと……。だから、その、誰かと誰かが喧嘩なんてしてほしくないし、クロさんとずっと――」

一所懸命に言葉を重ねる彼女を、クロが困ったように見つめ返したとき。

《ユーロ・イルミネーション・パレード、スタート三分前です》

「ご、ごめんなさい、行かなきゃ！」

ぴくんと顔を上げた夏海は、あわてて自身の担当ユニットの下へ走り去っていった。


なんだよ、どいつもこいつも。

クロは内心でぼやきながら、パ・ド・ブレと呼ばれる細かいステップを繰り返していた。頭のなかに、シロと夏海の顔が浮かぶ。

ナイトパレードも終盤に差しかかっている。このパレードはゲスト参加パートがないので、あとは曲をもう一ループ程度踊りながらデッキ2へと帰っていくだけだ。

そもそもあいつが、俺の人生にケチつけてきたのがいけねえんだ。

もはや無意識にでも笑顔は保てるし、ステップも間違えようがない。でも。

なんだかイライラする。ナイトパレードだけは、めずらしく燕尾服を着る「コートダンサー」役をもらっているが、俺にこの手の役はどうなんだ、と全く関係ない、しかも今さらと言えることまで癪《しゃく》に障る気がする。

せっかくのチャンスなんだから、一緒に喜んでくれてもいいじゃねえか。

そんな、攻撃的な心境がいけなかった。

「きゃあ！」

声が耳に入って、クロははっと我に返った。

舞踏会で踊る男女という設定のコートダンサーでは、女性をリフトするシーンもある。そのリフトしたパートナー役の女性ダンサーが、ゲストには聞こえない程度の、けれど真下にいるクロの耳には届く悲鳴を上げたのだ。

しかし、遅かった。

通常なら向かい合って垂直に持ち上げるリフトシーンなのに、あろうことかクロは、頭越しに投げ捨てるかのような勢いで彼女を抱え上げていた。

やべえ！

自身の上半身とパートナー、双方の重心が後方に思い切りかかる。最悪、彼女だけでも守らなければ。

「‼」

笑顔のまま歯を食いしばったクロは、そのまま右脚を引いて、えびぞりのような姿勢で無理やりパートナーを受け止めた。

「おおーっ！」

「すごーい！」

結果として、胸板の上にほぼ水平に彼女を乗せるという、アクロバティックな形になったため、周囲のゲストからはむしろ歓声が湧いている。

怪我の功名、ってやつか。けど……。

パートナーに、「すんません」とアイコンタクトを送りつつ、クロは脂汗を浮かべていた。右のふくらはぎが、焼きごてを当てられているように熱い。

文字どおり、怪我をしてしまったようだ。

二十分後。シャワーを浴びて衣装も返したクロは、周囲の目を盗むようにしてトレーナールームを訪れた。夜間ということもあってか、さいわい自分以外に利用者はいない。

「あら、まだ筋トレすんの？」

のんびりとコーヒーを飲みながら事務作業をしていたはるかは、クロが微妙に引きずっている右脚にすぐ気づいてくれた。

「どうしたの、それ？　とりあえず座んなさい」

そう言ってベッドを示しつつ、素早く立ち上がっている。

「ジャージ、めくって」

「はい」

「ふくらはぎね？」

「はい」

「ん。腫れも赤みもなし、と。これは痛い？」

「いえ。大丈夫っす」

「んじゃ、こっちかな」

「いててて！」

「ふーん。筋断裂の手前ってとこね。つまり、もうちょいで肉離れ」

「そうっすか」

だが、大事ではないようだ。あからさまにほっとした様子を見て笑ったはるかは、冷凍庫からアイスパックを出しつつ、「で、なにやらかしたの」と、むしろ面白がるような口調で訊いてきた。

「やらかした、って……」

「クロちゃんが普通に踊って怪我するなんて、考えられないもの。飛び出してきたちびっ子を、体張って助けた？　それとも、またバナーを力任せに支えたとか？　あれ？　でも夜は、バナー持つ役じゃなかったわよね」

「いえ。今回は、自分のミスで」

「なになに？　なっちゃんにウインクされて足滑らせた？　それとも明里ちゃんに手を振られてつまずいた？　あ！　リフトで真美子ちゃんのおっぱい揉んじゃったとか？」

「どれも違いますよ！　まあ、リフトってとこだけは合ってますけど」

そうしてクロは脚を冷やしながら、怪我をしたときの様子をあらためて説明した。

「へえ。ますますめずらしいわね。本番大好きなあんたの集中力が、途切れるなんて」

「………」

視線を落としたのはほんの一、二秒だったが、やはりはるかはそれを見逃さなかった。

「なんか、嫌なことがあったのね」

「ええ、まあ」

ほんと、この人にはかなわないなと思わず苦笑してしまいながら、クロは気がつけば前日のシロとの口論、さらにはR＆Iから誘われていることまで、正直にはるかに告げていた。

「めずらしいねえ」

話を聞き終えたはるかは、微笑みながらふたたび言った。

「はい。こんなことでミスってるようじゃ、まだまだっす」

「あんたのことじゃないよ」

「へ？」

今度の「めずらしい」は、クロについてではないらしい。

「スーがそんなにマジになって誰かと、それもダンサーと関わろうとするなんて、さ」

「前から、訊こうと思ってたんすけど」

「なあに？」

「はるかさんとシロって、もともと知り合いなんすか？」

「まあね。と言っても」

もう一度、今度は少女のような笑顔を見せながら、アスレティック・トレーナーは眼鏡のブリッジを押し上げた。

「鈴木俊郎って衣装係のことは、まだよく知らないけど」

「は？」

意味がわからず間抜けな声を出すと、はるかは愛用のタブレット端末を差し出してきた。

「スーがそれほどあんたを気にかけてるんなら、見せてあげちゃおっかな。あ、でもこれ、本人には内緒だからね」

「はあ」

「では、刮目《かつもく》せよ！」

おどけながらはるかは、ひとつの動画を再生してみせた。どうやら、なにかの舞台のようだ。

「あれ？　これって――」

「さすがクロちゃん、すぐわかるんだ？」

「R&Iの、『メイジズ』じゃないっすか！」

十インチの画面のなかで、さまざまな魔法使いに扮した役者やダンサーたちが歌い、踊り、躍動している。

「お、水の賢者だ」

画面がアップになり、人気キャラクターの水の賢者が舞台奥から、まさに水が流れるようなしなやかさで颯爽《さっそう》と現れた。

「工藤さん……じゃねえのか。見たことねえ人だけど、やっぱR&Iのダンサーは、うめえなあ。軽やかだし、軸もしっかりしてる。うわ、すげえ綺麗なターン。ルックスもイケメン――」

そこまでつぶやいて、クロは目を見開いたまま固まった。時間が止まったかのように、息をすることすら忘れてしまう。

そのイケメンはどこかで見た、いや、毎日のように目にしているイケメンだった。

「し、シロ!?」

画面のなかで颯爽と踊っているのは、間違いなく彼である。

「シロですよね、これ!?　は？　なんで？　あいつ、水の賢者だったんすか!?　いや、たしかに賢いのは知ってるけど……って、そうじゃなくて、なんなんすかこれ!?」

軽いパニック状態になっているクロの様子を笑いながら、はるかは「そういうこと」と、頷いた。

「そのころは、皇俊郎《すめらぎ》って芸名だったけどね」

「すめらぎ、としろう？」

「そ。だからあたしは、今でも〝スー〟って呼んでんの」

「あいつ、R＆Iのダンサーだったんすか⁉」

「うん。若手の有望株だったみたいよ。あたしはそのころ、自分の家で治療院開いてたんだけど、R＆Iの稽古場に近かったから役者やダンサーの常連さんが何人もいてさ、スーもそのひとりだったの。三年以上前の話だけどね」

「……マジっすか」

意外な真相に呆然としつつも、そういうことだとわかれば腑《ふ》に落ちる部分も多々あることに、クロは思いいたった。エンターテインメント現場における、てきぱきとした仕事ぶりや鋭い観察力。ダンス用語すら理解し、出演者のことを常に把握しようとする姿。それらは、元ダンサーというバックグラウンドがあればこそだろう。

「でも、どうしてやめちゃったんすか？　これ見る限り、めちゃくちゃいいダンサーじゃないですか」

悔しいけど、という言葉を飲み込みつつ聞くと、はるかの形のいい眉が少しだけハの字になった。

「スーはもともと、腰があんまりよくなくてね。ひどいときは、朝起きるときから結構つらそうなくらいだったんだ。もちろんあたしも、毎晩ケアしてたけど。そんな状態のところに、劇団のカラーっていうか方針に疑問を感じるようなできごとも重なって、それで、ね」

「へえ」

あいつなりに苦労があったんだな、とクロは素直に受け止めかけたが、重大なことに気がついた。

「ちょ、ちょっと待ってください！」

「ん？」

「あの、はるかさん？」

「なあに？」

「今、朝起きるときからつらそう、とか」

「うん」

「毎晩ケアしてた、とか」

「うん」

「おっしゃってらっしゃいましたですよね？」

「うん」

夏海ばりにおかしくなってきた日本語をさらっとスルーしつつ、はるかはこれまた、さらりと言ってのけた。

「あたしたち、三年前に夫婦やってたの」

トレーナールームに、クロの驚愕《きょうがく》の声が響き渡った。


はるかが、「絶対内緒だからね。誰かに言ったら、目ん玉に鍼打つよ」と、実際に五寸釘のような鍼をちらつかせながら教えてくれたところによると、十代の頃からバレエコンクールで入賞するなどしていたシロは、大学卒業と同時に即戦力としてR&Iに入団、そうしてはるかと出会い、合理性を好むふたりの性格もあって、付き合ってすぐに入籍したのだという。ちなみにあの慇懃無礼な話し方は、交際中も結婚後も変わらなかったらしい。

そうして夫婦となったふたりだが、新婚まっただなかの一年目に、彼女が言うところの「劇団のカラーに疑問を感じるようなできごと」があったためにシロは退団。さらにはダンサーそのものも引退することを決意した。

その裏には、故障を抱えた身で出演を続けることによる迷惑や負担を、自身の妻、そしてトレーナーでもあるはるかにこれ以上かけたくないという想いもあったのだろう。

「そんなこと、あたしは全然気にしないって言ったんだけどね」

だがシロは、彼女にこうも告げたのだという。

——R&Iを離れ、ダンサーでもなくなった私があなたを幸せにできるとは思えません。物理的にも、心理的にもです。私たちはダンサーとトレーナーとして出会い、惹かれ合って結婚した。その関係をこうして自分から崩し、あまつさえ経済的な基盤さえ手放そうとするような男とは、人生をともにすべきではありません――。

――つまり、別れたいってこと？――。

――別れたほうが、あなたは幸せになれると思います――。

――あたしは、ダンサーじゃないスーのことも好きなんだけど――。

――自分を本当に幸せにしてくれる人を、好きになるべきです――。

答えになっていない答えを、だが例によって理知的に伝えながらシロは離婚届を差し出した。そして、はるかもまた彼女らしく、「……まいったね」と苦笑しながらそこに判を押したのだった。

にもかかわらずその一年ちょっとあと、踏ん切りをつけるつもりで治療院をたたんだはるかの再就職先、すなわちユーパラのバックヤードで、ふたりは再会することになったのだそうだ。

「あのバカが……」

その日の帰宅後。ユーパラからほど近いアパートの一室で、クロは苦々しくつぶやいていた。

自分たちの、それもプライベートな過去を飄々と教えてくれたはるかだったが、その目は寂しげな色を隠しきれずにいた。あの男前なトレーナーに、そんな顔をさせる衣装係の顔が脳裏に浮かぶ。

「おまえだって、まだ好きなんだろうが」

それに――。

なんでもかんでも、まわりくどい伝え方ばっかりしやがって。

まったく、と何度目かのため息をまた吐き出したところで、テーブルの上に放り出していたスマートフォンが震えた。

メッセージアプリの受信を示すスクリーンには、見慣れた送信者名とその内容が表示されている。

《夏海です。夜分にすみません！》

さっきの本番前のことかな、と思った。別に彼女と喧嘩したわけではないし、夏海はむしろ自分とシロのことを気遣ってくれたのだが、中途半端なまま話が終わってしまったことを、気にしているのかもしれない。

心配かけちゃってるなあ。

苦笑しながらアプリを開き、あらためて続きを読みはじめたクロは、すぐに怪訝な顔になった。

送信先が、自分だけではない。真美子に明里、はるか、そしてなぜかシロにまで同時送信されている。

どういうことだ？

ますます不審に思いながら、クロはメッセージを読み進めていった。

《さっきイルミが終わったあと、衣装部のワタナベさんていうおじいさんから、声をかけられたんです》

イルミというのは、ナイトパレードのことだ。そしてワタナベさんというのは、言うまでもなくあの所属不明、もといオールマイティーなワタナベおじいさんだろう。

なっちゃんに、ワタナベさんが？

なんの話をしたのだろうか。と言うか、ますますわからない。これはスタンバイ中にかわした会話の、フォローではないのか。

すっかり混乱した頭で、さらに画面をスクロールさせていく。

が。

「!?」

その目はすぐに、大きく見開かれることとなった。

そこには夏海の長文と、そして複数の写真が表示されていた。

＊＊＊

翌朝。十二月一日、午前七時三十分。

「これ、オープン前倒しパターンだよね」

「そうだね。最大で十五分だっけ？」

「うん。たぶんそうなると思う。さっき覗いたら全ゲート、めっちゃ並んでた」

「じゃ、忙しくなるね」

「頑張りましょ」

『ユーロ・パラダイス』の入園ゲート担当者たちは、サンタ風の赤い帽子をかぶりながら、バックヤードでそうささやき合っていた。

オープンは朝八時だが、パークを挙げてのクリスマス・イベント初日に週末が重なったこともあって、家族連れやカップルを中心に、ゲート前にはすでに百人以上の人々が待機している。併設されている大型駐車場も、この時点でもう八割以上が埋まろうかという勢いだ。

「あ、テレビカメラ！」

「ほんとだ！　あのリポーターの人、見たことある！」

地元のローカルテレビ局に加えて、全国ネットの番組ロゴがついたスタッフジャンパーの人間もゲート付近に待機しており、待っている人々の期待と興奮はますますふくらんでいく。

「皆さん、おはようございまーす！　ユーロ・パラダイス、開園まであと三十分です！　お寒いなか申し訳ありませんが、今しばらくお待ちくださーい！」

バックヤードから出てきた入園係たちが笑顔で頭を下げると、ゲストの列から逆に、一斉に拍手が湧いた。

彼らの耳にあるインカムから、「オープン、十五分早めます。今日も一日、よろしくお願いします」という指示が流れるのを、誰も彼もが心待ちにしていた。

同時刻。キングダム・パレス前。

タイムキーパー役の、アシスタント・パレマネの声が響く。

「はーい！　じゃあオープン時間になるので、最後の場当たりも終了します！」

場当たりというのは文字どおり、場面ごとでの進行や立ち位置を確認するリハーサルのことだ。ショービジネスの世界では、本番直前に必ず行われる。

「あとはLルームで各役ごとに最終確認して、いよいよ初日に臨みましょう。よろしくお願いしまーす！」

「よろしくお願いしまーす！」

ウインドブレーカーやベンチコート姿の、『クリスマス・パレス・ショー』出演者たちも、さすがに少し興奮した面持ちでバックヤードへと引きあげていく。屋根にかぶせられた雪や大きなツリー、いたるところに飾られているリーフなど、見事にデコレーションされたパーク内の雰囲気も、彼らの気持ちを高めるのに一役買っているようだ。

澄み切った空気と冬晴れの空。天候も申し分なかった。

同じ頃。パレ棟のコスチューム倉庫。

ここでも、最後の衣装チェックが着々と進んでいた。

ステージショーはパレードではないので、事前に出演者たちがグリーティングしながら現場へと向かう必要がある。キャラクターのそれとは違い、笑顔で手を振りつつ整列して歩いていくだけだが、いずれにせよ彼らが着替える時間も通常より早いのだ。しかもこの日はテレビ撮影に合わせたとかで、パレス・ショー一本目が三十分も前倒しされて十時スタートとなっている。できればあと一時間ほどで、全ての役の全ての衣装チェックを済ませたい。

「メインダンサー男性、二名分、異常ありません」

声に出して確認しながら、シロもいつものように手早く、しかし細心の注意を払ってとなりの同僚にそれを手渡していく。

メインダンサーの衣装を最初に手にしたのは、たまたまだ。

なぜか自分に、そう言いきかせながら。


一方、トレーナールームでは。

「まったく。朝っぱらから、あたしをこき使うんじゃないよ」

ぼやきながらも、てきぱきとベッドを消毒するはるかに、後ろから明里が声をかける。

「はるかさん、テープもう一箱、ここに置いておきますね」

「ありがと、明里ちゃん。あんた、ほんとによく働くね。いつも助かってるよ」

「ありがとうございます」

「明里ちゃんみたいな子の彼氏は、しあわせだろうねえ」

「か、彼氏なんていませんから！」

「あら、意外。じゃ、誰か気になる人は？」

「それも、いません！　……たぶん」

トレーナールームでは、マネージャーオフィスから明里をアシスタントとして借り受けたはるかが、すでにいつもの体制を整えていた。開園前にパレス・ショーの最終リハーサルがあるということで、もしものために七時前から詰めていたのだ。

「でも、いい天気でよかったですね」

「そうだね。あくまでもシフト次第だけど、今日がデビュー日になる人は気持ちよく踊れるだろうね」

こういう日は、いつも以上に張り切ることが容易に想像できるダンサーの顔を思い浮かべながら、はるかも笑った。

「ふくらはぎも、事前にテーピングしてやれるのにさ」

八時四十五分。Lルーム。

出演者たちは、ぎりぎりまで役柄ごとの最終リハーサルを行っていた。これが終われば、もうすぐに本番だ。

「加瀬君、次は？」

「メインダンサーです。でも出番が多いのでリフトのところと、あとは男性二番がやるトランポリンシーンの確認だけだそうです」

華奢な腕にはめられたユーパラのキャラクターウォッチと、手元のバインダーを見ながら、夏海が少々硬い声で坂巻の指示に答える。

「まあ、そうだろうな。なんにせよタイトなスケジュールだし、この調子でしっかり回していこう」

「はい」

クリスマス期間は、パレス・ショーに出演しないダンサーたちによるミニパレード、『プチ・ノエル・パレード』もあるのでパレマネも担当が分かれているのだが、夏海は本人の希望どおり、パレス・ショー担当に任命されていた。

「メインが終わったら、氷の魔女と雪の精に半面ずつでやってもらって、そのあとトナカイダンサーズのラインダンス、と」

進行表をもう一度確認してからメインダンサーたちの様子をうかがうと、すでにリフトの確認は終えて、トランポリンが用意されているところだった。男性のひとりが高々と宙を舞う、ショー全体でも見せ場になる部分だ。

「中本さんも、綺麗に跳ぶけど——」

無意識のうちにつぶやいてしまった夏海は、あわてて口を閉じながらショートカットの頭を可愛らしく振った。どうしても、よりダイナミックに活き活きと跳ぶ、今日はいないメインダンサーと比べてしまう。

いけない、ちゃんと仕事しなきゃ。

よしっ、と自分に言い聞かせるように頷いたとき。

嫌な音が響いた。

ドン！

はっと視線を向けると、そのトランポリン担当、今日の男性二番ポジションである中本竜也が、右手を押さえてうずくまっている。床に落下して、激しく手をついてしまったらしい。

「中本さん！」

他のダンサーたちと同時に、夏海もあわてて駆け寄った。上半身を起こしているところを見ると、頭から落ちたりしたわけではないようだ。

「大丈夫ですか⁉」

「すいません……真ん中外して端で弾んじゃって。痛っ！」

よく見ると、すでに患部が大きく腫れている。これでは……。

「中本君、すぐに医務室へ」

見ていた工藤も険しい表情で声をかけるが、夏海はそれにかぶせるように、「いえ、トレーナールームがとなりにあります」と、彼女にしては強い口調で言った。

「中本さん、すぐにはるかさんのところで診てもらってください」

「じゃあ、あたしがつき添うわ！　今日のペアだし」

「お願いします、真美子さん！」

すぐに手を挙げてくれた真美子につき添いを任せると、夏海は近くにいたアシスタント・パレマネに、バインダーを押しつけた。

「すみません！　残りのタイムキーパーお願いします！」

「え？　あの、加瀬さんは？」

「代演の手配しなきゃ！」

緊迫した表情だったが、それでもなぜか、大きな瞳が少しだけ輝いている。

それに気づいたのは、やはり同じ表情をした真美子だった。

「なっちゃん！」

「はい！」

駆け出していた夏海が、振り返る。

「あいつを呼ぶのね？」

「はい！　必ず！」

見つめ合ったふたりの瞳が、一段と輝いた。


その電話を、クロは歩きながら受けた。

本来の予定ならば、R&I東京劇場で開かれるオーディションに参加するため、一時間後に出る新幹線に間に合うよう、最寄り駅に向かっていなければならない。

だが今は、お気に入りの音楽とともに、なぜかすっきりした顔でアパートの近くを散歩していた。ふくらはぎが少しだけ気になるが、それすらも心地よい痛みに感じられる。

唯一残念なのは、シフトの関係でオフなことだ。こんな日にゲストの前に立てれば、いつも以上に気持ちよく踊れるだろう。冬晴れのいい天気。週末。そしてなによりも――。

と、イヤフォンからつながるスマートフォンが震えた。

発信者名を見たその顔が、はっとなる。そしてすぐに理解した。

自分がやるべきことを。行くべき場所を。

昨日と同じ、プライベートの携帯からの連絡。緊急なのだろう。どうしても、自分を必要としているのだろう。

イヤフォンを外し、加瀬夏海、と表示されている画面をクロはタップした。

「もしもし？」

「クロさん！　代演、お願いします！」

その声が心なしか弾んでいるように聞こえたのは、気のせいだろうか。

クロの返事を待たずに、夏海は続ける。

「昨夜お伝えしたことも気にはなりますけど、とりあえず今は――」

「ああ。大丈夫だ。代演、受けるよ」

自宅が近いこと、そして体が丈夫なこともあり、これまでにも幾度となく病人や怪我人の代演を引き受けてきた。お安い御用だ。それに。

ちょうどいい。

そう思った。自分もパークに行って、全てを確認したかった。夏海が教えてくれたことを。見せてくれた写真に隠された真実を。

「それにしても、言われてみればってやつだな。俺も全然、気がつかなかった」

「クロさん、あの」

「大丈夫だ」

健気《けなげ》なパレマネに全てを言わせず、クロはもう一度そう告げて大きく頷いた。

「どうせシロから聞いたんだろ？　オーディションに誘われてたこと。喧嘩すんな、とか言うついでに」

「は、はい。ごめんなさい」

「大丈夫」

いつもの彼女のように朗らかな声で繰り返しながら、クロは青空の先を見た。

ここからでも見えるパレスの尖塔《せんとう》が、今日もよく映えている。

「俺は、みんなの仲間だ」

＊＊＊

九時三十分。

ジャージ姿で、顔から汗を滴らせたままＬルームに飛び込んできた男を見て、工藤恭二は驚きの声を上げた。

「!?　なぜ君が、ここにいる？」

「クロ君!?　Ｒ＆Ｉのオーディションは、どうしたんだ？」

となりでは、坂巻も目を丸くしている。

困惑するふたりの前に立ち、クロは堂々と頭を下げた。

「あれ、やっぱお断りさせてください。ドタキャンですんません」

「冗談……では、なさそうだね」

「はい」

冷静さを保とうとするチーフ・パレマネの声に答えながら、クロは顔を上げた。坂巻は今日も、防寒用のトレンチコートをモデルのように着こなしている。

その襟元には、いつものタイピンと同じデザインの、夏にも見た小さなピンバッジが輝いていた。

夏海が送信してくれた写真と同じ、丸いデザインが。

そのマークを、クロは何度も目にしていたのだ。女性ダンサーのピアスとして。先輩、志帆のペンダントとして。工藤恭二が身に着けるウェアのワンポイントとして。

同じデザインのアクセサリーが返却される衣装のハンガーにからまっていたり、社員食堂の忘れ物に、やはり同じロゴマークのハンカチなどがあることに気づいたのは、ワタナベだった。昨夜も女性ダンサーの胸パッドに、この丸いロゴマークを模したピアスがまぎれ込んでいたのだという。

――ああ、ちょっとすみません。加瀬さん、でしたな？　クロちゃんと仲よしの――。

――え？　あ、はい――。

昨日のナイトパレード後、衣装カウンターの前を通りかかった夏海は、突然そう声をかけられて目を丸くした。同時に、いつだったかクロや真美子が言っていたおじいさんはこの人らしいと、すぐに気がついた。

カウンターから身を乗り出したワタナベは、そのまま不思議そうな顔で、片側だけのピアスを差し出してきた。

――このマーク、最近いろんな場所で見かけますが、ダンサーさんの間でも流行っているんですか？　この間は本社ビルの六階に、ストラップが落ちていました。今もほら、パッドにこんなもんがくっついて返ってきて――。

そこですぐに気づけたのは、ついさっきまで同じマークを目にしていたからだ。

尊敬する上司のタイピン。よく考えれば、それがまさにこのマークだった。

その写真とともに、夏海のメッセージはこう続けられていた。

《でもあたしはこんなロゴ、見たことも聞いたこともなかったんです。こう見えても女子ですから、流行りのブランドはそれなりにチェックしてるつもりなのに。念のため、仙道さんと真美子さん、はるかさんにも見てもらいましたけど、やっぱり三人とも知らないマークでした。それで、なんだか気味が悪くなって》

そうして、トレーナールームのパソコンではるかが検索して見つけ出したもの、さらにはそこから繋がる事実と、彼女たちが愕然となった、ことの真相について教えてくれたのだ。

「『輪廻の会』のマークだそうですね、それ」

ピンバッジ、そして工藤が羽織っているベンチコートにプリントされているワンポイントロゴを、順番にクロは指差した。なんの変哲もないシンプルな丸いマークだが、よく見ると全く同じ形をしている。

「新興の、でもかなりでかい宗教団体だって聞きました。自分はそういうの詳しくないんで、全然気がつきませんでしたけど。つまり、坂巻さんも信者ってわけだ」

『輪廻の会』について詳しく教えてくれたのは、夏海に重ねるようにメッセージをくれた、はるかである。

《政治や経済、マスコミ、芸能、その他いろんな分野に、輪廻の会の信者はいるらしいよ。とくに芸能関係に強いみたい。もちろん法に触れるような活動はしてないけど、信者の勧

誘にはかなり熱心な様子だね》
《芸能って、まさか》
《そ。R&Iは、幹部がもろに輪廻の会の人たちだったんだ。ファンクラブも信者ばっかりでね。地方公演や学校の演劇教室に力を入れてるのも、布教活動の一環じゃないかって噂もあったぐらい》
そこでクロは、はるか個人宛のメッセージにあわてて切り替えた。
《だからシロは、やめたんですね?》
《気を遣ってくれてありがと。別になっちゃんたちなら、知られてもいいんだけど》
と、苦笑する顔のイラストを送りながら、はるかは続けた。
《ま、そういうこと。知ったときはスーもさすがにショックだったみたいだけど、怪我のこともあったし、おかげで引退する踏ん切りがついたとは言ってた。あの男のことだから、どこまで本音かわかんないけどさ》
そのメッセージの向こう側で、スマートフォンの画面を見つめるはるかの目が、また寂しげな色をたたえているような気がした。『輪廻の会』が、その直接の原因というわけではない。男女のことだし、自分がそういう機微に疎いことも承知している。それでもクロは、腹立ちを抑えられなかった。
そして、もうひとつ。
瞳に力を込めて、クロは坂巻のとなりに立つ男をねめつける。

「馨を、あの丸田って男に脅迫させたのは工藤さん、いや、工藤恭二。あんただったんだな」

夏海からのメッセージは、こうも続けられていた。

《輪廻の会は、布教のためかどうかは知りませんけど、子会社というかグループ会社みたいなのも持ってるみたいです。そのうちのひとつが、ＫＫホールディングスっていう会社でした。ドリンクやサプリメントの卸売り業者です》

《なっちゃん、それ、ブルーギルの販売業者だ！》

《はい。ホームページもあって、そこにある取り扱い商品のなかにブルーギルがありました。それと》

そこから次のメッセージが届くのに、なぜか間が空いた。

《なっちゃん？　どうした？》

《あの、クロさん。驚かないでくださいね》

《うん？》

《ＫＫホールディングスの会社概要のところに、代表取締役社長の名前も出ていたんです》

ＫＫという二文字をもう一度、あらためて字面で見たことで、クロは察することができた。できてしまった。

《イニシャル、か？》

《はい。たぶん》

すでに意を決していたように、今度はすぐに続きが送られてきた。

《社長は、工藤恭二さんです》

「ブルーギルを広めようとしたのは、とりあえず輪廻の会の資金を増やすためか？　ユーパラの従業員をカフェイン中毒にして、それを餌に入信をうながすって可能性も考えたけど、さすがに現実的じゃねえだろうし」

拳を握り締めながら、クロは一歩踏み出した。

いずれにせよ、そのために取られた卑劣なやり口によって、自分を慕ってくれる後輩ダンサーがひとり、心身ともに大きく傷つけられたのだ。

「許せねえ。許さねえ」

尊敬する、いや、していた日本一のダンサーは無言のままだ。だがそれこそが、なによりの答えだった。同じく『輪廻の会』の信者である坂巻から情報提供を受けたこの男が、ブルーギルを広めるために自社の人間、あの丸田という小者に冴木を脅迫させたのだろう。

「きたねえ真似しやがって。坂巻さん、あんたも同類だ。会社のコンプライアンス室には、はるかさんが通報済みだ。あとで処分がくだるでしょうよ」

けど、とクロは一度だけ大きく息を吐く。いつかのシロのように。

「けど、今は本番前だ。この一本、みんなが待ってるクリスマスのオープニングまでは、きっちり働いてってください。パレマネとしてのあんたの仕事ぶりだけは、俺は認めてますんで」

「なぜだ？」

無言のまま顔を伏せる坂巻に代わって、声を発したのは工藤だった。その顔には、本当にわからない、といった表情が浮かんでいる。

「R&Iで踊れるのは、選ばれしダンサーだけだ。こんなチャンス、もう二度と君ごときの前には訪れないんだぞ？」

たしかにそうだろう、とクロも思う。自分はダンサーとしてまだまだだ。華麗でも、しなやかでも、優雅でもない。できることと言えば、鍛えた肉体を使って一所懸命な踊りを見せることだけだ。

でも。

「俺は、安いダンサーにはなりたくないんだ」

自然と口が動いていた。

「宗教とか信者とか、そんなご大層なもんとは関係なしにやりたい。会ったこともない神様の名前を借りるんじゃなくて、そんなんでお客さんを集めるんじゃなくて、普通に、単純に、笑ったり泣いたり感動したりできるような、それを観たいって思ってもらえるようなチームの一員でいたいんだ」

白い息が、浮かんでは消えていく。

心のもやが晴れるように。気持ちの迷いが消えるように。

メッキのような憧れが、綺麗に剝がれ落ちるように。

「どうしてだ？　今から向かえばまだ間に合う。こんな田舎のテーマパークにいるよりも、Ｒ＆Ｉだろう？　君は、『ネイチャー・ボーイ』に出たくないのか？　『メイジズ』の舞台に立ちたくないのか？　なんなら私が、水の賢者役に推してやってもいい。日本人の若手ダンサーは貴重だから、こんな場所よりよっぽど待遇もよくなるように――」

憑《つ》かれたように説得を重ねる工藤の言葉に、だが、クロの太い眉が瞬時につり上がった。歌舞伎役者のようだとまで言われる目力が、ついさっきまで憧れていた相手を厳しく射抜く。

「こんなとか、言うんじゃねえ！」

大喝、だった。

古いＬルームの壁が、本当にびりびりと震えたほどだ。

「こんなテーマパークとか、こんな場所とか、ふざけんな！　違うんだよ！　全然違う！　わかってねえ！　俺が、俺たちが踊ってるのはそんな安い場所じゃねえんだよ！　俺がここにいたいのは、ここが好きだからだ！　楽しいからだ！　ああ言えばこう言うイケメンとか、怒ると英語が出てくる子とか、残念美人とか、社員みたいなアシスタントさんとか、男前なトレーナーさんとか、変なヤツばっかだけど、みんないいヤツで、そんなみんなでゲストに、ゲストが、ゲストを、ゲストと……ああ、もう、なんつっていいかわかんねえけど、ようするに俺はＲ＆Ｉなんかよりもここが好きで、ここがいいんだ！」

一気にまくしたてた直後。

ふわり、と肩になにかがかけられた。

「やれやれ。会話まで力技ですか」

「ま、らしいけどね」

「クロさん、早く着替えて！　パレスへの移動、四十五分出発です！」

「テーピングは、はるかさんがデッキ1でやってくれます！」

「どうせ濃い顔なんだし、ノーメイクでもいいでしょ！」

振り向くと、シロが、はるかが、夏海が、明里が、真美子が、いつの間にか背後にずらりと並んでいる。

「メイン二番は中本さんだったので、サイズも同じはずです。シューズは事前に貸与済みですよね？」

シロの冷静な口調は、いつもとなんら変わらない。

「そこまでひどくない怪我だし、ばっちりテーピングしてあげるよ。明里ちゃん、五十ミリの出しといて」

「はい！」

はるかと明里は、まさに先生と助手といった感じだ。

「ペアはあたしなんだから、リフトの合わせなんて今さらいらないでしょ？」

真美子が、なんだか楽しそうに告げてくる。

「クロさんのことだから、絶対間に合わせてくれるって思ってました！」

最後に夏海がいつもの笑顔で頷くと、「変なヤツばっかだけど、みんないいヤツ」とクロが素直に認めたばかりの仲間たちは、全員でもう一度、首を大きく縦に振ってくれた。

「みんな……」

呆然とつぶやきながらも、つられるように、導かれるように、クロも頷いていた。顔をほころばせながら。

一方で突然現れたスタッフ、出演者取り交ぜた集団に工藤は唖然《あぜん》としている。

その視線が、シロの顔の上で固まった。

「！　君は、まさか」

「逃げるようにやめた部下が、こんなところにいるとは思いませんでしたか？」

「やはり、皇……」

「そんな恥ずかしい芸名は、もうとっくに捨てましたがね」

「…………」

「それにしても相変わらずですね、あなたたち『輪廻の会』は。テーマパークにまで信者を増やそうとしていたとは。しかも私がやめたときにはなかった、おかしなロゴマークまで作っているのに、全然気がつきませんでしたよ」

「なっちゃんがピアスの写真を見せてくれなかったら、ユーパラにまで『輪廻の会』がはびこっちゃうところだったわね」

元夫に向かって苦笑するアスレティック・トレーナーの姿にも、工藤は驚かされたようだ。

「!? 君はたしか、トレーナーの！」

「お久しぶりですね。ま、工藤さんは頑丈だったから、あたしがお世話することはなかったけど。憎まれっ子なんとやら、ってやつかしら」

「工藤さん、坂巻さん」

眼鏡のつるを触りながら、シロが静かに告げる。

いつか真美子に聞かせたのと同じその声音は、「触れれば切れる」という表現がぴったりの、クロとは正反対のものだ。

けれど。

つむがれた台詞は、想いは、全く同じ色をしていた。

「黒木田環和は、私たちの仲間です。ユーロ・パラダイスの大事なダンサーです。融通が利かなくて、筋トレばかりしていて、インテリジェンスはあまり期待できませんが、それでもおかしな宗教に洗脳されるようなことはありません。それどころか、他の誰よりもゲストのためを想っている、ショーマンシップの塊のような男です。あなたたちが思っているような、うすっぺらいダンサーでは決してない」

「シロ……」

「彼が、私たちの大切な仲間が行くべき場所は、R&Iの舞台じゃない。今、パレス前で待ってくれているゲストのところです。笑顔があふれている、我々のパークです」

そして。

「クロ」

この男に初めてそう呼ばれたのだとクロが気づいたのは、しばらく経ってからのことだった。

「行ってください。みんなが、ゲストが、あなたを待っています！」

「おう！　まかせろ！」

力強い返事とともに、長身がロッカールームへと駆け出した。

＊＊＊

《Ladies & Gentlemen, Boys & Girls.（紳士淑女、少年少女の皆様）》
シャンシャンシャンシャン、とそりの音がスピーカーから流れ出す。
《Thank you for coming & Merry, Merry Christmas!（ご来園ありがとうございます。そして、メリー、メリー・クリスマス！）》
『もろびとこぞりて』のメロディーで、前奏がフェードインしてくる。
《And now, Euro Paradise proudly presents,（今こそ、ユーロ・パラダイスが誇りとともにお届けする）》

前奏とともにゲストたちの気持ちも高まり、自然と手拍子が生まれた、そのとき。
《Christmas Palace Show!!（クリスマス・パレス・ショー！）》
高らかなファンファーレとともに、ステージの上下左右から真っ白なスモークと、同じく純白の、雪の結晶を模した紙ふぶきが吹き出した。
《We wish you a Merry Christmas.（クリスマスおめでとう）》
視界が晴れた舞台上には、いつの間にかサンタクロースと王様、王妃様、そして四人のダンサーが勢ぞろいしている。
《We wish you a Merry Christmas.（クリスマスおめでとう）》
Tの字型に、客席を割って飛び出した舞台。エキゾチックな顔立ちの美しい女性ダンサーと、大柄なスポーツ選手のような男性ダンサーが、手に手を取ってそのど真ん中を駆け抜ける。
《We wish you a Merry Christmas.（クリスマスおめでとう）》
息の合っているふたりは、たがいにゲストのほうへ視線を向けたまま、男性が女性を高々とリフトしてみせる。
《And a Happy Christmas!!（幸せなクリスマスを！）》
最後の替え歌部分を元気な生声で歌いながら、スポーツ選手のような男性ダンサーは、空を切り取るように高々とジャンプした。
自分自身も、楽しくて仕方がない。そんな笑顔とともに。

クリスマス・パレス・ショーのさいしょの日にでていた、しゃしんのおにいさんへ

こんにちは。ぼくは、じゅうにがつ一にちに、ユーパラに、おとうさんとおかあさんとおねえちゃんと、またあそびにきました。すごくこんでいたけど、ならんでパレス・ショーのせきがとれました。おにいさんがびじんのおねえさんと、さいしょからでてきたとき、ぼくはすぐに、「あ、スプパレでおどってくれた大きいおにいさんだ!」とわかりました。あのときとはいしょうもちがうけど、おにいさんはやっぱりすごくかっこよくて、ゲストさんかのとき、「ひさしぶり!」っていってもくれて、めちゃくちゃうれしかったです。もっともっと、ユーパラにあそびにきたいです。おにいさんも、おねえさんも、ユーパラのみなさんも、メリー・クリスマス!

あとがき

『白黒パレード　～ようこそ、テーマパークの裏側へ！～』をお手に取ってくださり、どうもありがとうございます。迎ラミンと申します。

「作者は読者の成れの果て」という言葉がありますが、本書でデビューさせて頂いた私も御多分にもれず、その「成れの果て」のひとりです（笑）。

物語が好きで、小説が好きで、書店をうろつきながら、「これ、面白そうだなあ」、「おお、あれも！」、「わあ、新しいレーベルだ！」とワクワクする気持ちは、昔も今もずっと変わりません。

幸か不幸か、子どもの頃に池波正太郎さんや西村京太郎さん、村上春樹さんなどの作品を読み、大学生になって初めてライトノベルというジャンルがあることを知るという、セオリーとは真逆の（？）読書遍歴を重ねるなか、大人になってから出会ったのが、ライト文芸やキャラクター文芸と呼ばれる、本書のようなジャンルでした。

読みやすい文章と、漫画やアニメの世界でも通用しそうな、まさに「キャラの立った」登場人物、そして素敵なカバーイラスト。そこからページを開けば登場人物と同じように泣いたり笑ったり、共感できるストーリー。

自分もこんな物語を書いてみたい。自身が生んだキャラクターと一緒に、誰かが切ない気持ちになったり、敵役に腹を立てたり、なによりも笑顔になって欲しい。

そんな夢を抱きながら、文字どおり「夢の世界」である架空のテーマパークを舞台とした、この物語を書かせて頂きました。

本書をお読みくださった皆様が、クロとシロ、夏海、真美子、明里、はるかたちとともに少しでもそんな気持ちになってくれたら、これほど嬉しいことはありません。こういう想いって、それこそテーマパークで働く方々のホスピタリティと、似ているのかもしれませんね。

最後になりましたが、担当編集者様、マイナビ出版の皆様、そして素晴らしいカバーを創りあげてくださった、イラストレーターのｔｏｉ８様とデザイナー様にも、心より御礼申し上げます。

小説という夢の世界で、ふたたび皆様にお会いできますように。

次回作の入園ゲートで、また心よりお待ちしています！

二〇一八年夏　迎ラミン

この物語はフィクションです。
実在の人物、団体等とは一切関係がありません。
刊行にあたり『第3回お仕事小説コン』優秀賞受賞作品『白黒パレード
～ようこそ、テーマパークの裏側へ！～』を大幅に改稿しました。

迎ラミン先生へのファンレターの宛先

〒101-0003　東京都千代田区一ツ橋2-6-3　一ツ橋ビル2F
マイナビ出版　ファン文庫編集部
「迎ラミン先生」係

Fan
ファン文庫

白黒パレード
〜ようこそ、テーマパークの裏側へ！〜

2018年7月20日　初版第1刷発行

著　者　迎ラミン
発行者　滝口直樹
編　集　田島孝二（株式会社マイナビ出版）　定家励子（株式会社イマーゴ）
発行所　株式会社マイナビ出版
〒101-0003　東京都千代田区一ツ橋2丁目6番3号　一ツ橋ビル2F
TEL　0480-38-6872（注文専用ダイヤル）
TEL　03-3556-2731（販売部）
TEL　03-3556-2735（編集部）
URL　http://book.mynavi.jp/

イラスト　toi8
装　幀　徳重甫+ベイブリッジ・スタジオ
フォーマット　ベイブリッジ・スタジオ
校　正　柳元順子（有限会社クレア）
DTP　株式会社エストール
印刷・製本　図書印刷株式会社

ISBN978-4-8399-6655-3
Printed in Japan

ファン文庫

繰《く》り巫女《ひめ》あやかし夜噺《よばなし》

~かごめかごめかごのとり~

著者／日向夏
イラスト／六七質

とんとんからん、とんからん。
古都が舞台の、あやかし謎解き糸紡ぎ噺第２弾。

古都の玉繭神社にある機織り小屋で、
今日も巫女・絹子は布を織る。
そしてまた、新たなる事件が始まった……。

ファン文庫

東京謎解き下町めぐり
～人力車娘とイケメン大道芸人の探偵帖～

著者／宮川総一郎
イラスト／転

観光の街「浅草」には
実はとんでもない秘密が隠されていた。

「君に流星をプレゼントしよう」

満天の星空から流れる一筋の光。

不思議な青年との出会いが物語の始まりだった！

ファン文庫

吾輩が猫ですか!?

アラサーリーマン猫になって、
引きこもり女子高校生を救え！

サラリーマンからなぜか猫になった明智に、
神様から引きこもり女子高生の柊を救えという試練が……。
試練を乗り越えて明智は人間に戻れるのか!?

著者／小山洋典
イラスト／ｔｏｎｏ

Fan
ファン文庫

河童の懸《かけ》場《ば》帖《ちょう》 東京「物《もの》ノ《の》怪《け》」訪問録

~夏の木立に雪が舞う~

著者/桔梗楓
イラスト/冬臣

現代——。あやかし達だって、
悩みながらも一生懸命、生きています。

さまざまな事情を抱えながら
現代の都会で逞しく暮らす妖怪たちの
悲しくも温かい物語。